金庸武俠史記〈白・雪・飛・鴛・越・俠・連〉編

探尋金庸的修訂心路

心一堂 金庸學研究叢書 金庸版本的奇妙世界系列

Śūnyata

書名：金庸武俠史記〈白・雪・飛・鴛・越・俠・連〉編——探尋金庸的修訂心路
系列：心一堂　金庸學研究叢書
作者：辛先軍
執行編輯：心一堂金庸學研究叢書編輯室
封面設計：陳劍聰

出版：心一堂有限公司
通訊地址：香港九龍旺角彌敦道610號荷李活商業中心十八樓05-06室
深港讀者服務中心：中國深圳市羅湖區立新路六號羅湖商業大廈負一層008室
電話號碼：(852) 67150840
網址：publish.sunyata.cc
電郵：sunyatabook@gmail.com
網店：http://book.sunyata.cc
淘宝店地址：https://shop210782774.taobao.com
微店地址：https://weidian.com/s/1212826297
臉書：https://www.facebook.com/sunyatabook
讀者論壇：http://bbs.sunyata.cc

版次：二零一九年六月初版

平裝

定價：港幣　一百二十八元正
新台幣　四百九十八元正

國際書號　978-988-8582-59-4

香港發行：香港聯合書刊物流有限公司
香港新界大埔汀麗路36號中華商務印刷大廈3樓
電話號碼：(852)2150-2100　傳真號碼：(852)2407-3062
電郵：info@suplogistics.com.hk

台灣發行：秀威資訊科技股份有限公司
地址：台灣台北市內湖區瑞光路七十六巷六十五號一樓
電話號碼：+886-2-2796-3638　傳真號碼：+886-2-2796-1377
網絡書店：www.bodbooks.com.tw
台灣秀威書店讀者服務中心：
地址：台灣台北市中山區松江路二〇九號1樓
電話號碼：+886-2-2518-0207
傳真號碼：+886-2-2518-0778
網址：www.govbooks.com.tw

中國大陸發行 零售：深圳心一堂文化傳播有限公司
地址：深圳市羅湖區立新路六號羅湖商業大廈負一層008室
電話號碼：(86)0755-82224934

心一堂微店二維碼

心一堂淘寶店二維碼

作者珍藏：《飛狐外傳》連載合訂本第一集、第二集，由香港鄺拾記報局出版發行。

作者珍藏：《素心劍》連載合訂本第一集、第二集，由香港武史出版社出版，香港鄺拾記報局發行。

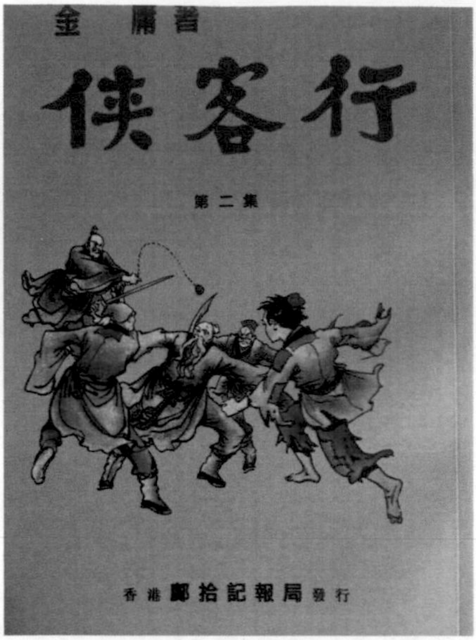

作者珍藏：《俠客行》連載合訂本第一集，1966年7月15日，第二集，1966年8月12日，由香港武史出版社出版，香港鄺拾記報局發行。

作者珍藏：《鴛鴦刀》連載合訂本，由香港武史出版社出版，香港鄺拾記報局發行。

目錄

王序

因為著迷於金庸版本變革的趣味，我曾於網路開立「金庸版本的奇妙世界」部落格，細加推敲金庸作品《射鵰》、《神鵰》、《倚天》、《天龍》、《笑傲》及《鹿鼎》六部長篇的舊版、新版、新修版修訂過程蘊藏的奧秘，並將部落格文章集結為《金庸武俠史紀〈射鵰編〉三版變遷全紀錄》、《金庸武俠史紀〈神鵰編〉三版變遷全紀錄》、《金庸武俠史紀〈倚天編〉三版變遷全紀錄》、《金庸武俠史紀〈天龍編〉三版變遷全紀錄》、《金庸武俠史紀〈笑傲編〉三版變遷全紀錄》、《金庸武俠史紀〈鹿鼎編〉三版變遷全紀錄》等六本書。

這套金庸版本研究叢書獲得金迷朋友們的一致好評，金迷朋友們也都期待《書劍》等九部金庸短篇小說能有版本研究專書，但我因另有創作計劃，暫時難以進行這九部小說的版本研究。

近日喜見辛先軍先生已投注心血，仔細比對及研究《書劍恩仇錄》、《碧血劍》、《雪山飛狐》、《飛狐外傳》、《鴛鴦刀》、《白馬嘯西風》、《連城訣》、《俠客行》及《越女劍》等九部金庸小說，並發表專論。閱讀辛先生的著作之後，我對金庸這九部小說的版本變革有了更深的了解。

金庸修訂自己的作品，可說煞費苦心，幾乎是字字斟酌，《書劍恩仇錄》、《碧血劍》兩部作品尤其有翻天覆地的大更動。這兩部小說是金庸最早的著作，因為金庸對舊版不滿意之處甚多，故而這兩部小說的修訂版都有偌大篇幅的更動。我相信辛先生在比較這兩部書的版本差異時，必然下了頗大的工夫。

辛先生在細心研究之後，將《書劍》等九部小說的重要修訂之處呈現給讀者。跟隨辛先生的導引，我們將更明白金庸版本變革的來龍去脈，也更清楚金庸創作故事的思維脈絡。

我真誠推薦此書給所有愛好金庸小說的朋友們，希望大家一起來閱讀這本書，品味金庸小說版本變革蘊藏的無窮妙趣。

王怡仁

二零一九年一月

潘序

近年經常聽到許多人說「生命影響生命」，這句話用在王怡仁大夫和辛先軍先生兩位超級金庸小說迷應該非常貼切。

事緣王怡仁大夫比較了金庸小說中所謂「六大部」（指《射鵰英雄傳》、《神鵰俠侶》、《倚天屠龍記》、《天龍八部》、《笑傲江湖》和《鹿鼎記》等長篇）的不同版本，完成了「金庸版本學」研究入面最重要的一項研究工作。我們在二零一四年前後刊行了《彩筆金庸改射鵰》和《金庸妙手改神鵰》等金庸學研究專著，作為獻給金庸先生九十華誕的禮物。王大夫原本不打算將已完成的版本比較文章全部結集刊行，經過我們鍥而不捨的呈請，終於在二零一八年初得到王大夫允可，全部重新增刪六大部的「變遷全紀錄」，故此《金庸武俠史紀〈射鵰編〉三版變遷全紀錄》和《金庸武俠史紀〈神鵰編〉三版變遷全紀錄》兩部新書，就是《彩筆金庸改射鵰》和《金庸妙手改神鵰》的增訂版。

我們原本打算得隴望蜀，請王大夫把金庸小說餘下的其他中短篇也寫完「變遷全紀錄」，可是王大夫有他的寫作大計，雖然廣大讀者都渴望能夠了解全套金庸小說新舊版的差異，但是也不能太過強人所難。

好在「生命影響生命」，辛先軍先生為了填補王大夫留下的空白，於是拿《書劍恩仇錄》、《碧血劍》、《雪山飛狐》、《飛狐外傳》、《鴛鴦刀》、《白馬嘯西風》、《連城訣》、《俠客行》和《越女劍》九部小說的報上連載版和七十年代修訂版做了深入比較，撰寫成一系列「探尋金庸修訂心路」的文章。王辛兩位的文風自然有異，但是他們對金庸武俠小說的愛護和熱誠卻是相同。他們的研究成果，必將成為今後「金庸學研究」後來者的必備參考工具。

間常有讀者表示不能理解金庸兩度修訂全部武俠小說的用意，金庸小說毫無疑問是二十世紀中國最偉大的章回小說，他一改再改，仍然只是第一名！如果我們稍為注意到金庸小說在瘋魔全世界有人能閱讀中文的中國人社區之餘，是曾經受過中國文學史上前所未見最嚴格、甚至有時相當苛刻的批評，我們讀者當會多點明白金庸的苦心。

金庸小說最初是在報上連載，每天與讀者見面。這種創作方式有利亦有弊。好處是不停催迫著作者一往無前，更能成為激發起作者不斷創作的動力。畢竟報紙是絕不允許「開天窗」的，當然也有成名作家為了個人紀律不夠強而長期脫稿，甚至令報館要請人代筆。壞處是每天見報的時限壓力，令到作者缺少詳細規劃的餘裕。

所謂不招人妒是庸才，金庸小說甫出世就光芒四射，難免招來嚴苛而不公允的批評，筆者相信金庸先生為了回應各種善意批評和惡性攻擊，方才有兩番全面修訂，而世紀新修版還在作者七十過後古稀之年才開始呢！

按照金庸個人的意願，第二版面世之後，報上連載的舊版就全部作廢。上世紀七十年代的修訂版雖然是作者用了最好的心得來改正，但是仍然有許多讀者認為舊版仍有相當可觀之處。現在舊版金庸小說一書難求、奇貨可居，我們一般讀者可以借細讀王怡仁、辛先軍兩位的研究專著，一窺早期金庸武俠小說的面貌。

潘國森

二零一九年己亥孟春

於香港心一堂

在金庸「武俠世界」裏尋覓自己的「俠客夢」

——《探尋金庸的修訂心路》前言

品讀金庸

八十年代初，一部名為《射鵰英雄傳》的香港武俠電視連續劇引爆大街小巷，後來才知道這部電視劇的原著作者名字叫——金庸，原名查良鏞，香港著名作家、企業家、社會活動家。從那時起，我便開始關注金庸小說，記得第一次看到大陸出版的金庸小說就是八十年代初廣州《武林》雜誌連載的《射鵰英雄傳》，這本雜誌的創刊號至今仍有收藏。郭靖、黃蓉、「東邪西毒南帝北丐」、「全真七子」、「江南七怪」……一大批生動豐滿的人物形象及奇妙無比的故事情節深深地印入腦海，當時真不敢相信世上竟有這樣好看的小說。

相信每個男孩在自己的青少年時期都曾有過行俠仗義、懲惡揚善的「俠客夢」，當然，我也不例外。雖然在當今和諧文明的社會中或許這只是個夢想，但在金庸創造的「武俠世界」裏卻可以變成現實，夢想成真，這就是我最初喜歡金庸武俠小說的原因。改革開放後，隨著大陸盜版的金庸武俠小說逐漸泛濫起來，我有幸開始接觸到了更多的金庸小說，一讀就是三十多年，而且也注定將會陪伴我的一生。

雖然類型屬武俠小說，但我一直認為金庸小說不同於其他武俠小說，作品的優劣與類型無關，如果認為歷史小說「正統」，那麼所有的歷史小說都是優秀作品嗎？金庸十五部小說共三十六冊，近千萬字，主要涉及宋、元、明、清四個歷史朝代，囊括了民族民俗、風土人情、天文地理、政治歷史、棋琴書畫、品酒詩賦等各個領域，內容博大精深，雅俗共賞，文學性、思想性、藝術性極高，堪稱「中國古代社會的百科全書」。我每每看得愛不釋手，廢寢忘食、點燈夜讀也是常有的事，最多的一部大概已經看過不止五、六遍，而且許多人物和故事情節早已印入腦海。尤其這些年來，隨著金庸最新修訂作品的出版發行，同時當年的報刊連載版也在網絡上出現，我開始注重將幾個不同版本進行比較閱讀，這也成為後來產生評析新舊版想法的初衷。

收藏金庸

如果僅僅喜歡讀金庸的武俠小說，或許還不能算一個真正的金庸迷。除了閱讀金庸小說，我還收集各種金庸小說的版本。八十年代末至九十年代初期，大陸還缺乏版權意識，各種盜版的金庸武俠小說充斥著市場，諸如印刷質量不錯的「寶文堂版」也我都曾經購買收集過，但當時還沒有收藏意識，幾次搬家時均作為廢品處理而未能留存，實屬遺憾。一九九四年讀大學時，正值三聯出版社全套出版十五種三十六冊的《金庸作品集》，證明金庸武俠小說得到學術界的認可，但限於經濟條件，當時僅僅零星購買了《書劍恩仇錄》、《雪山飛狐》、《飛狐外傳》、《鹿鼎記》等幾部。後來，父親鼓勵我把剩餘的「三聯版」都積攢完整。當時還未步入社會的我缺乏經驗，在大街小巷的私人書攤上購買了大量盜印的「三聯版」，雖然最終湊齊了一九九四年的「三聯版金庸作品集」，但心裏總覺得不那麼舒服，畢竟其中盜版的太多，留存價值不大。

工作以後，經濟條件允許了，我有意識的開始積累各類版本的金庸小說，在淘寶、孔夫子等網站搜集了大量正版金庸作品，例如一九九九年三聯版、三聯口袋本、香港明河社的修訂版、袖珍本、廣州出版社的新修版、新修軟精裝版，還有金庸未授權的評點本全套，收集的十五種三十六冊的金庸作品全集就有十套。同時，我還淘到了金庸第一部授權大陸的作品、天津百花文藝一九八五年版的《書劍恩仇錄》，臺灣遠景一九八四年版的《大漠英雄傳》（即《射鵰英雄傳》），私人製作的報紙連載版全集，還有金庸的散文集、論文集。另外，香港畫家李志清、黃玉郎等人根據金庸作品改變的漫畫集、圖畫冊，以及大量的各種研究金庸的作品，等等，凡和金庸有關的幾乎全部收入囊中。我在讀大學時候購買了冷夏著的《金庸傳》，這是大陸出版的首部金庸傳記，後來幾乎收藏了所有關於金庸的個人傳記。

個人認為，在收藏的若干金庸作品中，比較珍貴的有一九五五年原版《新晚報》、一九九九年三聯版全集、香港明河社七十二冊的袖珍本、天津百花文藝版的《書劍恩仇錄》、臺灣遠景版的《大漠英雄傳》，及個別香港連載書本版，畢竟這些原本已經絕版，而我有幸能「挖掘」到它們，並將它們擺放在書櫃內鑒賞。私人印製的報紙連載結集本雖然不是正版，但也全部收集齊全，從中可以重溫當年報刊連載尤其是帶有雲君插圖的原本風貌，也為我研究評析新舊版提供了寶貴資料。

從八十年代起研究金庸已經蔚然成風，我也購買了許多關於研究金庸的書籍。兩岸三地的學者研究金庸已經很多年了，不過從連載版與修訂版內容差異方面逐部系統研究金庸作品的似乎還寥寥無幾。儘管香港的倪匡、臺灣的林保淳、溫瑞安等學者作家都曾發表過關於金庸新舊版評論的文章，但多數從作品版本及部分人物和故事情節變化等方面評論，尚不足以完整的反映金庸作品的修訂歷程。我認為，當前真正把新舊版內容進行系統分析的或許只有大陸的陳墨和臺灣的王怡仁。

陳墨作為「大陸金庸研究第一人」，從九十年代開始已經陸續發表了十幾部研究金庸作品的專著，研究領域幾乎囊括了金庸小說涉及的各個方面，其中一冊《修訂金庸》，就是專門分析研究金庸作品新舊版內容的專著。《修訂金庸》涉及《書劍恩仇錄》、《碧血劍》、《射鵰英雄傳》、《天龍八部》四部作品，其在臺灣風雲時代出版社的版本又加入《神鵰俠侶》和《倚天屠龍記》兩部，所以準確的說，陳墨的《修訂金庸》重點分析了六部金庸小說新修版與修訂版之間的變化，其中《射鵰英雄傳》同時還分析了部分報刊連載版的內容。

新世紀以來，當金庸的研究火熱程度稍有減弱時，在互聯網突然出現了一個叫「金庸版本的奇妙世界」的博客，作者王怡仁為臺灣醫師，研究金庸小說為其業餘愛好。他在博客上發表了《射鵰英雄傳》、《神鵰俠侶》、《倚天屠龍記》、《天龍八部》、《笑傲江湖》及《鹿鼎記》這六部金庸最長、也是最著名小說的新舊版比較分析，全面研究了包括連載版、修訂版和新修版之間的內容差異，分析之透徹、立論之完整令人耳目一新。後來，《射鵰英雄傳》和《神鵰俠侶》兩篇還由香港心一堂出版社結集出版，分別名為《彩筆金庸改射鵰》和《金庸妙手改神鵰》，我都及時購買收藏。

陳墨研究金庸新舊版的方向是《書劍恩仇錄》、《碧血劍》等六部小說新修版與修訂版內容的差異，王怡仁研究金庸新舊版的方向是《射鵰英雄傳》、《神鵰俠侶》等六部長篇連載版、修訂版和新修版之間內容的差異，二人研究角度不同，內容不同，風格各異。金庸作品共進行過兩次大的修訂，一九七〇至一九八〇年用了十年時間對報紙連載的十五部作品全部修訂，稱為「修訂版」，一九九九至二〇〇六年又用了八年時間再次修訂，稱為「新修版」。總體而言，連載版由於時間倉促，寫作時難免存在漏洞和不足，作者對自己作品不滿意的地方也很多，在自己的創作頂峰及時進行修訂完善。對於連載版，修訂版改動之處主要有，一是文字修辭上的修訂，包含內文詞句的修飾和回目的重新編排設計；二是故事情節的改變，包括人物的性格、關係和情節的鋪排；三是歷史性的增強，包含相關史實的補充及附注說明。因此「修訂版」的成效最為顯著，修訂版與連載版的差異也最值得研究。

鑒於王怡仁已經研究了金庸六部最著名的長篇小說，金庸其餘九部小說連載版與修訂版差異的評析目前還是空白，出於這種想法，我決定嘗試著填補這個空白領域。儘管學識水平與陳墨和王怡仁兩位老師無法相比，但秉著對金庸小說的執迷，自己為何不努力嘗試一下？我對連載版和修訂版進行比較評析的九部金庸小說，按照金庸寫作時間順序包括，《書劍恩仇錄》、《碧血劍》、《雪山飛狐》、《飛狐外傳》、《鴛鴦刀》、《白馬嘯西風》、《連城訣》、《俠客行》和《越女劍》。評析新舊版首要的是逐部仔細閱讀，編寫讀書札記。正如王怡仁先生「左眼新《射鵰》、右眼舊《射鵰》」的研究方式一樣，我也是將連載版與修訂版兩個版本對照閱讀，凡是不同之處及時記錄，然後結合前後文內容比照分析，試圖運用這種方法探尋當時金庸修訂作品時的想法和思路。我首先選擇了其中一部相對短但改動較大的中篇《白馬嘯西風》進行評析，有了經驗之後再嘗試著對其他幾部比較分析。

除了《越女劍》由於篇幅短、修改不大而採取按照故事情節發展順序比較評析外，其餘的六部長篇和兩部中篇小說均採取結合全書主題設置一些研究題目、加上各章回其他情節修訂的方式進行綜合評析。九部作品陸陸續續歷時兩年完成，對連載版和修訂版兩個版本研究的興趣也越來越濃。個人感覺，評析較好的往往是金庸改動較大的幾部作品，例如《書劍恩仇錄》、《碧血劍》、《白馬嘯西風》等，改動較小的或許沒有發揮空間卻有些草草了事。最後附的一篇《金庸「武俠世界」裏的稅收故事》，是從賦稅角度研究金庸小說裏有關稅收方面的內容，目前這個主題也算是一個新的研究領域。

總之，我只是希望盡最大努力從連載版到修訂版的字裏行間尋覓金庸當時修訂作品的一些想法，彌補金庸九部作品新舊版評析領域的空白，金庸先生逝世不久，或許這項工作更有意義，也算為研究金庸做出自己一點綿薄貢獻吧。

二〇一六年四月完稿於大連
二〇一九年一月修訂於大連

「飛狐」俠義形象的塑造完善（一）
——《雪山飛狐》連載版與修訂版評析

《雪山飛狐》於一九五九年二月九日開始在《新晚報》連載，到一九五九年六月十八日結束，共連載了一百二十九天，但該部小說刊完後沒有結集成單行本正式出版。《雪山飛狐》是金庸十二部長篇作品中最短的一部，雖然篇幅短卻是結構最獨特的一部，用一天時間寫一百年以來發生的故事。金庸在修訂版《後記》裏說：「現在重行增刪改寫，先在《明報晚報》發表，出書時又作了幾次修改，約略估計，原書十分之六七的句子都已改寫過了。原書的脫漏粗疏之處，大致已作了一些改正。只是書中人物寶樹、平阿四、陶百歲、劉元鶴等都是粗人，講述故事時語氣仍嫌太文，如改得符合各人身份，滿紙『他媽的』又未免太過不雅。限於才力，那是無可如何了。」可見，《雪山飛狐》的修訂主要在於語句、詞匯方面，而對於全書情節幾乎沒有重大改動，同時，連載版共分十八個回目，每個回目都設置字數不等的標題，修訂版則改為十個部分，沒有標題。在《雪山飛狐》中，胡斐和苗人鳳是兩大主要人物，不過由於該書結構獨特，注重故事情節的敘述，反而對人物的塑造有所削弱，因此所有的修訂多數是圍繞對二人形象的塑造展開，或刪除，或增加，或修改。現從有關胡斐和苗人鳳情節的修訂及各回其他差異三個方面將連載版與修訂版差異進行比較評析。

一、有關胡斐情節的修訂

「雪山飛狐」胡斐是書中的男主角，但在全書故事情節發展到後半段即第六回才正式出場，因此為了豐富這個人物形象，作者也通過增加一些直接或間接地描寫進行前期鋪墊，使得讀者對其加深印象，同時重點修訂了胡斐和苗若蘭二人相處的故事情節，著重表現了胡斐既豪氣干雲又兒女情長的英雄氣概。

第二回中，寶樹和漢子說：「多幾個幫手，也免得讓那飛狐走了。」修訂版加入一句：眾人又各尋思：「雪山飛狐又是什麼厲害角色？」首次點出胡斐「雪山飛狐」的綽號，與全書主題相對應，進行必要的前期鋪墊。

眾人一聽雪山飛狐孤身來犯，而這裏主人布置了許多一等一的高手之外，還要去請金面佛與丐幫范幫主來助拳，連載版：都想若不是這主人瘋瘋癲癲的小題大作，那必是藉此為由，其實另有圖謀；否則任他多厲害的魔頭，即令玄冥子、靈清居士等一個人對付不了，再加一人相助，絕然是手到擒來，何必如此大動干戈？修訂版改為：都想這雪山飛狐就算有三頭六臂，也不用著對他如此大動干戈。眼見這寶樹和尚武功如此了得，單是他一人，多半也足以應付，何況我們上得山來，到時也不會袖手旁觀，只不過當時主人料不到會有這許多不速之客而已。寶樹是眾人上山的領頭人，也是推動全書情節發展的關鍵人物之一，所以這裏要加入眾人對寶樹上山助拳評論的情節，另外修訂版再次明確點出「雪山飛狐」的綽號。

第三回中，寶樹道：「他可與此間的主人仇深似海。再說，鐵盒在你們手裏，那就是跟他結上了梁子。」修訂版加入：殷吉道：「飛狐也要這鐵盒？」寶樹道：「可不是嗎？」眾人一想到兩個僮兒怪異的武功，心中都是一般的念頭：「僮兒已是這般了得，正主兒更不用說了。」從眾人想到僮兒怪異的武功側面反映了「雪山飛狐」武功的高超，再次為「雪山飛狐」的出場作鋪墊。

寶樹說：「到了三月十五那天晚上，那兒子果然孤身趕到。」連載版：田青文忽然輕輕說道：「今日也是三月十五。」她這句話聲音輕微，但眾人聽了，心中都是不由得一震，隨即想到余管家曾說，那雪山飛狐今日也要孤身前來尋仇，苗若蘭所說的，已是百餘年前之事，難道兩者之間，竟有甚麼關連麼？連載版說「雪山飛狐」尋仇與百餘年前姓胡兒子報仇的日子相同，均是三月十五日，有些過於巧合，不合乎情理，因此修訂版刪除。

第六回中，平阿四說：「胡相公今日上山，原是要找苗大俠比武復仇。」連載版：「只是我親眼見到當年胡一刀胡大爺與苗大俠的交情，胡大爺之死又非苗大俠的本心，我勸胡相公別上這兒來找苗大俠比武，可是說甚麼也勸他不聽。」胡斐由平阿四撫養長大，一直把他當作親人，不可能不信平阿四親見的真相，而且連載版只是點出胡一刀之死非苗人鳳本心，而未說明害死胡一刀另有其人，因此修訂版改為：「只是我親眼見到當年胡苗二位大俠肝膽相照的交情，害死胡大爺的其實是另有其人，我勸胡相公別向苗大俠為難了，可是他說要當面向苗大俠問個清楚。」

苗若蘭見到胡斐，卻不料竟是如此粗豪猛惡的一條漢子，修訂版加入：心中不由得三分驚異；三分惶惑，又有三分失望。描寫出當時苗若蘭初見易容胡斐的複雜心情。

苗若蘭說：「些些微勞，何足掛齒？」修訂版加入：胡斐道：「生死大事，豈是微勞？在下感激不盡。」接著，連載版說：

胡斐聽她吐屬文雅，游目向四壁一望，見苗人鳳所書的那副木聯上聯掛在中堂，下聯卻倚在桌邊，朗聲吟道：「九死時拼三尺劍，千金來自一聲盧。」舉起茶碗喝了一口，道：

「令尊這副對聯筆力雄健，英氣逼人，小可不才，卻想和上幾句，就只怕貽笑方家。」苗若蘭見他神情粗獷，舉止疏放，心想這原是豪士本色，不料他竟會說這幾句話，忙道：「那好極了，定要請教。」胡斐微微一笑，左掌在墻壁上一拍，只聽得砰的一聲響，墻上一口鐵釘突了出來。他右手大拇指與食指拿住鐵釘，微一用力，已將鐵釘拔在手中。于管家雖久歷江湖，可是如他這般驚人的掌力指力，確也是聞所未聞，只見他將鐵釘挾在食指內側，在那方桌面上寫起字來，一筆一劃，都是深入桌面辦寸有奇。那方桌是極堅硬的紅木所製，他手指雖借助鐵釘之力，但這般隨指成書，揮寫自如，那指上的功夫更是高到了極處。于管家是武人，觸目關注的只是武學功力，苗若蘭留神的卻是他所書寫的字迹，見他寫道：「生來骨胳稱頭顱，未出鬚眉已丈夫。九死時拼三尺劍，千金來自一聲盧。歌聲不屑彈長鋏，世事惟堪擊唾壺——」他寫到這裏，抬頭向著屋梁，思索下面兩句。苗若蘭忽接口道：「結客四方知己遍，相逢先問有仇無？」胡斐一笑，叫道：「正是。」將這兩句詩接著寫在桌面。口中連吟：「結客四方知己遍，相逢先問有仇無？」

連載版描述這一大段情節，本意是為了表現胡斐文武雙全，談吐優雅，博學多才，但從故事情節交代中可以看出，胡斐作為江湖大俠胡一刀的兒子，同父親一樣粗獷豪邁，浪迹江湖，父母又早逝，並沒有接受多少教育，不應有如此出眾的文采，而且修訂版已將苗人鳳所書的對聯內容進行了改動，因此修訂版將這段全部刪除。

苗若蘭給胡斐唱曲，連載版：胡斐見壁上懸有一柄長劍，說道：「有酒有歌，豈可有琴而無劍？」走過去拔出劍來，只覺寒氣逼人，與一泓秋水相似，原來是一口寶劍，當下斟滿了酒，左手持杯，右手執劍，舞將起來。同上所述，修訂版削弱胡斐的文采，要表現胡斐的粗狂豪邁，另外二人在山頂邂逅，平四還身負重傷，周圍險情環繞，怎能有閑情逸致舞劍聽曲，因此刪除了這段胡斐舞劍聽曲的情節。

第九回中，胡斐攻無極門蔣老拳師的招數，連載版是「玉女穿梭」，修訂版是「斗柄東指」。

第十回中，胡斐認為杜希孟假仁假義，修訂版加入：隨即語氣轉柔，說道：「不過現在我也不惱他了。若不是他，我又怎能跟你相逢？」

胡、苗二人咏古詩的內容兩個版本不同，連載版：胡斐不自禁低聲說道：「但教心似金鈿堅——」苗若蘭接口道：「天上人間會相見。」修訂版改為：胡斐不自禁低聲說道：「宜言飲酒，與子偕老。」苗若蘭仰起頭來，望著他的眼睛，輕輕的道：「琴瑟在御，莫不靜好。」這是《詩經》中一對夫婦的對答之詞，情意綿綿，溫馨無限。與連載版七言韵詩不同，修訂版引用《詩經》表達夫婦之間的溫馨情感，也表現了胡、苗二人感情的增進，咏詩的內容較連載版更加貼切。

寶樹用念珠打胡苗二人穴道，對胡斐躲閃的描寫不同，連載版：但見數十顆念珠顆顆打在胡斐穴道之中，他卻理也不理。原來胡斐見念珠打到，氣貫全身，早已將各處穴道盡數封閉。若是寶樹出手用指點穴，他穴道原是封閉不住，但他一擲的勁力分在數十顆念珠之上，卻已奈何不得胡斐這等名家高手。修訂版改為：但見胡斐雙手衣袖倏地揮出，已將數十顆來勢奇急的鐵念珠盡行卷住，衣袖振處，嗒嗒急響，如落冰雹，鐵念珠都飛向冰壁，只打得碎冰四濺。《雪山飛狐》描寫武藝較注重實際，修訂後情節描寫更加貼切生動。

各人又俯身撿拾珠寶，修訂版加入：胡斐和苗若蘭來到兩塊圓岩之外。胡斐道：「我們在這裏等上一會，瞧他們出不出來。哪一個貪念稍輕，自行出來，就饒了他的性命。」洞內各人雙手亂扒，拚命的執拾珠寶，只恨爹娘當時少生了自己兩三隻手。補充敘述胡斐並非無情無義，而是給他們最後的生還機會，既反映了其善良純樸、俠義仁愛的一面，也體現了搶寶眾人的貪婪。

胡斐最後一刀劈是不劈，修訂版加入：他若不是俠烈重義之士，這一刀自然劈了下去，更無躊躇。但一個人再慷慨豪邁，卻也不能輕易把自己性命送了。當此之際，要下這決斷實是千難萬難……本書結尾是個懸念，修訂版加入的部分進一步表現了胡斐最後一刀劈還是不劈的複雜心情。

二、有關苗人鳳情節的修訂

苗人鳳是書中的另一主要人物，同胡斐一樣，本人也是在全書後半部分才正式出場，因此作者前期增加了一些其他人物對其敬畏的對話、回憶，使得讀者未見其人先聞其名，進一步塑造了苗人鳳俠肝義膽、豪氣干雲的英雄形象，令人印象深刻。

第二回中，眾人見廳中掛著一幅木板對聯，連載版：

上聯是「九死時拼三尺劍」，下聯是「千金來自一聲盧」。這十四字豪氣迫人，宛然是一副俠少面目，再看上款寫著「殺狗仁兄正之」，下款赫然是「打遍天下無敵手金面佛醉後塗鴉」。每個字都是銀鈎鐵劃，似是用刀劍在木板上剜刻而成。眾人看了這副對聯，不由得面面相覷，心道：「這主人怎麼叫做『殺狗』？這金面佛又竟然如此狂妄！」

修訂版改為：

寫著廿二個大字：不來遼東，大言天下無敵手；邂逅冀北，方信世間有英雄。上款是「希孟仁兄正之」，下款是「妄人苗人鳳深慚昔年狂言醉後塗鴉」。眾人都是江湖草莽，也不明白對聯上的字是甚麼意思，似乎這苗人鳳對自己的外號感到慚愧。每個字都深入木裏，當是用利器剜刻而成。寶樹臉色微變，說道：「你家主人跟金面佛交情可深得很哪。」那長頸漢子道：「是！我們莊主跟苗大俠已相交數十年。」寶樹「哦」了一聲。劉元鶴一顆心更是怦怦跳動，暗道：「來到苗人鳳朋友的家裏啦。我這條老命看來已送了九成。」片刻之間，兩隻手掌中都是冷汗淋漓。

修訂後上下聯的內容通俗易懂，更符合故事情節，同時從牌匾的題字反映出苗人鳳為人謙遜低調，而且可以看出其實苗人鳳對自己的綽號感到慚愧，當然從後文應當知道，他給自己起這個綽號的真正目的是為了引出胡一刀。同時，從劉元鶴等人對苗人鳳未見其人先聞其名的敬畏，也側面描寫了苗人鳳的神勇威猛。

各人分別坐下後，連載版：寶樹大師見了這幅對聯，臉上也微有不滿之色，說道：「這『九死時拼三尺劍，千金來時一聲盧』十四字，原也配得上你主人的身份。但金面佛把自己外號也寫在上面，這不是明明恃強壓主麼？」前文所述，從對聯內容看，苗人鳳對自己綽號應當感到慚愧，其目的是要引出胡一刀，並非要狂妄自大，恃強壓主，因此修訂版改為：寶樹說道：「這金面佛當年號稱『打遍天下無敵手』，原也太過狂妄。瞧這副對聯，他自己也知錯了。」

第三回中，眾人想苗人鳳會來救他女兒，因此頓感寬心，修訂版加入：只有劉元鶴暗暗搖頭，卻也不便明言。因為從後文敘述可知，劉元鶴顯然知道苗人鳳的踪迹，並且已經和大內高手暗地裏聯合抓捕他，所以只有他知道內情。

寶樹讓苗若蘭接著敘述，修訂版加入：眾人心中均想：「原來苗人鳳父女便是這姓苗衛士的後代。」通過眾人的想法非常明確地點出苗若蘭和苗人鳳便是姓苗衛士的後代。

第四回中，胡夫人說「他號稱大俠，難道不講公道？」連載版：「我甘願跪在他面前，向他求情。」胡夫人作為胡一刀妻子，肝膽相照，不應當在丈夫的對手苗人鳳面前表現得如此懦弱，同時這也是對苗人鳳的侮辱，而且胡夫人本身也堪稱女中豪傑，自然不會如此懦弱，因此修訂版刪除。

寶樹說明苗人鳳宣揚「打遍天下無敵手」的原因，修訂版補充一句：眾人聽到這裏，才知苗人鳳這七字外號的真意。既解除了眾人和讀者的疑惑，回應了前文苗人鳳起這個外號的真正目的，也突出了苗人鳳的俠肝義膽。

寶樹說：「那些人不敢作聲，都退了幾步。」修訂版加入：「我想，夫人昨晚若要殺了這些人，當真易如反掌，就算將他們一一點倒，躺在地下，也是毫不為難，只不過這一來，未免削了金面佛的臉面。」修訂後從對胡夫人保護丈夫胡一刀的描寫，側面突出了苗人鳳的俠義性格。

第五回中，苗若蘭說：「於是把他與胡伯伯比武的故事說給我聽。」連載版：「他說胡伯伯害死了田叔叔的父親，而苗范田三家向來休戚與共，他雖然心中瞧不起田叔叔的為人，但礙於江湖義氣，只好找胡伯伯比武。」修訂版刪除。

苗若蘭說：「我爹爹卻是將信將疑」，修訂版加入：

「素聞胡伯伯行俠仗義，所作所為很令人佩服，似乎不致於暗算害人，只是幾番要和他相見，始終不能如願。田叔叔、范幫主曾邀爹爹同去遼東尋仇，我爹爹跟范幫主是交情很深的，可是一向不大瞧得起田叔叔的為人。啊喲，田姐姐，對不起，您別見怪，這是我爹爹說的，他說他寧可自行其是，不願跟田叔叔聯手。」

通過苗若蘭的言語，使得胡一刀、苗人鳳的行俠仗義的和田歸農的卑鄙無恥形成了鮮明對照。

苗人鳳用刀攻擊胡一刀變化的招數，連載版叫「浮雲起落」，修訂版改為「沙鷗掠波」。

第七回中，陶百歲說當日截阻胡一刀夫婦，修訂版加入：苗人鳳罵一群人是膽小鬼，其中有一個就是我陶百歲。只不過當年我沒留鬍子，頭髮沒白，模樣跟眼下全然不同而已。從陶百歲因攔截胡一刀遭挨罵，側面描寫了苗人鳳的俠義之情。

田歸農對寶樹說：「你只說已當面告知苗大俠就是。」修訂版加入：「再叫他買定三口棺材，兩口大的，一口小的，免得大爺們到頭來又要破費。」田歸農讓寶樹欺騙苗人鳳，又要害胡一刀一家，反映了其為人陰險狠毒，卑鄙無恥。

陶百歲說盼胡一刀給苗大俠殺了，連載版：

眾人聽到這裏，臉上都有不以為然之色，心想：「田歸農欲殺胡一刀為父報仇，自己力量不及，自盼苗大俠得勝。若他反而盼胡一刀殺死苗大俠，那豈非瘋了？」陶百歲道：「好，你們不信，我就說出其中的道理來。苗大俠的——」苗若蘭突然插口道：「陶伯伯，你不必說啦，我知道他為甚麼想害我爹爹。」陶百歲道：「嗯，我還是不說的好。」

修訂版改為：苗大俠折斷他的彈弓，對他當眾辱罵，絲毫不給他臉面。我素知歸農的性子，他要強好勝，最會記恨。苗大俠如此掃他面皮，他心中痛恨苗大俠，只有比恨胡一刀更甚。從陶百歲的言行側面描寫苗人鳳嫉惡如仇，豪氣干雲，也解釋了田歸農痛恨苗人鳳、要借胡一刀之手將其除掉的原因。

苗人鳳看著裝骨灰的瓷罐，連載版：就在此時，苗大俠忽然做了一件大大出人意料之外的事。他揭開瓷壇，提起茶壺，倒了半壺茶在壇中，伸手將骨灰攪成泥漿，如麵粉團般一口口都吃了下肚中。連載版裏苗人鳳吃骨灰的場景與《射鵰英雄傳》連載版丘處機吃人心人肝的情節如出一轍，雖然可以表現英雄豪傑嫉惡如仇的性格，但此類情節過於恐怖誇張，也不符合情理，因此修訂版改為：只見苗大俠呆呆的瞧著瓷壇，慢慢伸出雙手捧起了瓷壇，放入了懷中，臉上的神色十分可怕。

第九回中，杜希孟說：「哪有什麼寶物？」連載版：苗人鳳與他雖然交好，但知他生性貪財，在這雪峰之上居住，就是為了尋寶，若說他取了胡斐的寶物，原也大有可能。修訂版改為：

當年苗人鳳自胡一刀死後，心中鬱鬱，便即前赴遼東，想查訪胡一刀的親交故舊，打聽這位生平唯一知己的軼事義舉。一查之下，得悉杜希孟與胡一刀相識，於是上玉筆峰杜家莊來拜訪。杜希孟於胡一刀的事迹說不上多少，但對苗人鳳招待得十分殷勤，又親自陪他去看胡一刀的故宅，卻見胡家門垣破敗，早無人居。苗人鳳推愛對胡一刀的情誼，由此而與杜希孟訂交，那已是二十多年前的事了。

修訂部分詳細解釋了苗人鳳與杜希孟建立情誼並上玉筆峰杜家莊拜訪的原因。

第十回中，苗人鳳想：「眼前此人也不過二十多歲，焉能相識？」修訂版加入：「他這幾句話說得甚好，若不是他欺辱蘭兒，單憑這幾句話，我就交了他這個朋友。」表現了苗人鳳豪氣干雲，與胡斐英雄相惜。

三、各回其他情節的修訂

一

曹雲奇說：「這筆上不明明刻著他的名字？」之前，修訂版加入一句：「哼，這樣值錢的玩意兒，還有人真的當作暗器打麼？」

田青文的綽號，連載版：江湖上人稱玉面狐；修訂版改為：遼東武林中公送她一個外號，叫作「錦毛貂」。那貂鼠在雪地中行走如飛，聰明伶俐，「錦毛」二字，自是形容她得美貌了。天龍門地處遼東，如此修訂既對田青文人物形象的塑造更加準確生動，也表現了地域風俗。

陶百歲鋼鞭重量，連載版是「五十斤重」，修訂版改為「十六斤重」，較連載版更為貼切。

連載版說：時間一長，馬寨主漸占上風；由於是劉元鶴與陶百歲相搏，所以修訂版改正錯誤，改為：劉元鶴漸占上風。

描寫和尚出現，修訂版加入：但見他一對三角眼，塌鼻歪嘴，一雙白眉斜斜下垂，容貌極是詭異，雙眼布滿紅絲，單看相貌，倒似是個市井老光棍，那想得到武功竟是如此高強。寶樹是書中關鍵人物之一，修訂版增加了對寶樹外貌的細緻描寫，令人印象更加深刻。

陶百歲揮鞭打曹雲奇，老僧阻攔，連載版：左手輕揮，那吊念珠向前一甩，剛好套在鋼鞭之中。他向上一提，鋼鞭猛然反激回去。修訂版改為：左手輕揮，在陶百歲右腕上輕輕一勾，鋼鞭猛然反激回去。

老僧追劉元鶴，連載版：只見他寬大僧袍在雪地裏一飄一飄，似乎跑的毫不迅速。修訂版改為：只見他再雪地裏縱跳疾奔，身法極其難看，又笨又怪，令人不由得好笑，但儘管他身形又似肥鴨，又似蛤蟆……描寫更加幽默風趣。

二　竹籃升到峰頂，連載版：只見山峰旁好大一個絞盤；修訂版改為：只見山峰旁邊好大三個絞盤，互以竹索牽連，三盤互絞，升降竹籃。符合科學原理。

修訂版，賽總管帶領大內十八侍衛捉住范興漢，新修版中賽總管名字叫賽赫圖。

左僮出劍向兩人直攻，修訂版加入：雙僮劍術雖精，但以二敵九，本來無論如何非敗不可，只是九個人各懷異心，所使招數，倒是攻敵者少，互相牽制防範者多。解釋了雙僮以少打多不敗的原因。

右僮辮上明珠被削為兩半，連載版：田青文心想：「阮師叔也太辣手，何苦去欺侮人家孩子。」田青文是田歸農女兒，品性當如其父，不應有此憐憫之心，因此修訂版刪除。

三　劉元鶴等本想乘機劫奪鐵盒，但在左僮的匕首上吃了幾次虧，只得退在後面。修訂版加入：各人心中卻兀自不服氣，眼見雙僮手上招數實在並不怎麼出奇，內力修為更是十分有限，只不過仗著兩把鋒利絕倫的匕首，一套攻守呼應的劍法，竟將一群江湖豪士制得縛手縛腳。

書中故事發生的地點，連載版是「雪峰山莊」，修訂版改為「玉筆山莊」。阮士中說本門寶刀，修訂版加入：殷吉接口道：「不錯。這是本門寶刀，南北兩宗輪流掌管。」

眾人心中咒罵雪山飛狐歹毒，修訂版加入：曹雲奇忽道：「咱們慢慢從山峰上溜下去……」只說了半句話，便知不妥，忙即住口。這山峰陡峭無比，只怕溜不到兩三丈，立時便摔下去了。旁人一齊瞧著他，均想：「這人草包之極。」曹雲奇見了各人眼色，不由得脹紅了臉。

寶刀上刻的字，連載版是「闖王李」，修訂版是「奉天倡義」四字，加入：寶樹道：「李闖王當年的稱號，便叫做奉天倡義大元帥。」群豪這才信服。解釋了李自成當年的稱號，與史實相符。

寶樹敘述李自成稱為闖王，修訂版：當年九十八寨響馬、二十四家寨主結義起事，群推李自成為大元帥。他後來稱為闖王……新修版結合史實改為：當年一十三家大豪、二十四家寨主結義起事，群推高迎祥為大元帥，天啟九年高迎祥戰死，李自成繼為首領，後來稱為闖王……

苗若蘭道：「我爹爹說，到後來老百姓實在再也捱不下去了，終於有一位大英雄出來，領著他們打到北京。」修訂版加入一段：但可惜這位英雄做了皇帝之後，處事不當，也沒有善待百姓，手下的眾將軍，反而去害百姓，搶百姓的東西，於是老百姓又不服那英雄了。他以為老百姓的心都向著那位做歌兒的公子，便將那公子殺了。這樣一來，他手下的人都亂了起來。修訂後借苗若蘭回憶苗人鳳的話，反映了李自成義軍進京後的種種惡行及殺害李岩的歷史背景，同時與《碧血劍》的情節相關聯。

胡衛士兒子打峨眉名宿的功夫，連載版是「百變鬼影」，修訂版改為「飛天神行」。

四

金面佛微一沉吟，道：「四年之前，我有事赴嶺南，家中卻來了一人，自稱是山東武定縣的商劍鳴。」修訂版補充一句：夫人道：「嗯，此人是威震河朔王維揚的弟子。」與《書劍恩仇錄》中的人物王維揚相關聯。

胡一刀幫苗人鳳殺商劍鳴，連載版：首級旁邊放著一柄紫金鋸齒刀；修訂版改為：首級旁邊放著七枚金鏢，鏢身上刻著「八卦門商」。修訂版後的情節說明商劍鳴是八卦門掌門人。

胡一刀累死的馬匹，連載版是「三匹」，修訂版是「五匹」。

五

前文已有敘述。

六

寶樹不信苗若蘭，連載版：苗若蘭指著紅木方桌道：「他要說的，都寫在這桌上了。」寶樹早就見到桌上字迹，想到「相逢先問有仇無」這一句，心下惴惴不安，不再言語了。由於前文修訂刪除胡斐在桌上寫詞一段，因此修訂版刪除，改為：苗若蘭本非喜愛惡作劇之人，但這時胸懷歡暢，一顆心飄飄盪盪的，只想跟人鬧著玩。

七

陶百歲說：「追命毒龍錐全仗這毒藥而得名。」修訂版加入：後來我又聽說，田歸農這盒藥膏之中，還混上了「毒手藥王」的藥物，是以見血封喉，端的厲害無比。一方面加上「毒手藥王」見血封喉的毒藥，使藥力更加厲害，因此得以殺害胡一刀；另一方面與《飛狐外傳》的人物和情節有所聯繫。

阮士中說「讓你做獨一無二的掌門人」，修訂版加入：那時田師哥已經封劍，不能再出手跟人動武，你人多勢眾，豈不是為所欲為麼？

八

曹雲奇折些枯枝生火，連載版：這些時氣候仍極寒冷，卻喜連晴十餘日，枯枝都已乾透，一點即著。修訂版刪除。

九

前文已有敘述。

十

說到古人男女戀愛，連載版：看官，古人男女互相愛悅。只憑一言片語，即知對方心意，絕不若當世風習，非說得淋漓盡致，不足以表相愛之誠。修訂版刪去舊小說中「看官」之類的傳統連接用語，修改得比較簡潔：古人男女風懷戀慕，只憑一言片語，便傳傾心之意。

「飛狐」俠義形象的塑造完善（二）
——《飛狐外傳》連載版與修訂版評析

《飛狐外傳》寫於一九六零至一九六一年間。當時《明報》正在籌備出版附屬刊物《武俠與歷史》，一九五九年十二月十六日，《明報》頭版預告：「金庸新作《飛狐外傳》將在不日出版之《武俠與歷史》小說雜誌刊載。金庸擁躉密切注意！」《飛狐外傳》在金庸十五部作品中的地位處於中下游，無論篇幅字數還是寫作水準，同其他幾部長篇巨著相比都有一定差距。金庸在《後記》裏說：

「《飛狐外傳》寫於一九六〇、六一年間，原在我所創辦的《武俠與歷史》小說雜誌連載，每期刊載八千字。在報上連載的小說，每段約一千字至一千四百字。《飛狐外傳》則是每八千字成一個段落，所以寫作的方式略有不同。我每十天寫一段，一個通宵寫完，一般是半夜十二點鐘開始，到第二天早晨七八點鐘工作結束。作為一部長篇小說，每八千字成一段落的節奏是絕對不好的。這次所作的修改，主要是將節奏調整得流暢一些，消去其中不必要的段落痕迹。……這部小說的文字風格，比較遠離中國舊小說的傳統，現在並沒有改回來，但有兩種情形是改了的：第一，對話中刪除了含有現代氣息的字眼和觀念，人物的內心語言也是如此。第二，改寫了太新文藝腔的、類似外國語文法的句子。」可見，在金庸所有的十二部長篇作品中，《飛狐外傳》連載版和修訂版的差異是比較小的。連載版分為四十八回，修訂版改為二十章，各章由字數不等的白話題目構成，儘管兩個版本差異細微，但仍能從一字一句的修訂過程中感受到金庸對自己作品的完美追求。以下從有關胡斐、袁紫衣和南蘭及各章其他情節修訂共四個方面對《飛狐外傳》連載版和修訂版的差異進行比較評析。

一、有關胡斐情節的修訂

金庸在該書修訂版的《後記》裏說：「胡斐的性格在《雪山飛狐》中十分單薄，到了本書中才漸漸成形。」儘管胡斐人物形象的塑造在本書中要比在《雪山飛狐》中豐滿的多，但作者仍對胡斐的相關情節進行了修訂，進一步豐富了胡斐的俠義形象。

在第二章中，南仁通的寶刀，連載版是「飛狐寶刀」，修訂版是「冷月寶刀」。刀柄上，連載版是「一隻插翅狐狸」，修訂版是「一鈎眉毛月之形」。本書名為《飛狐外傳》，飛狐是胡斐綽號，南仁通持寶刀時胡斐剛出世，不可能有「飛狐」綽號且名震江湖，所以連載版人為痕迹過重，不符情理，修訂版作了改動。

在第三章中，胡斐恨自己愚蠢，連載版：自經這次鞭笞，他創深痛巨，終身機警乖覺，再無一次失手，此是後話。修訂版將諸如「此是後話」、「暫表」、「且說」等舊小說說書的串聯語句全部刪除。

胡斐打敗商寶震，修訂版加入：胡斐習練父親所遺拳經，今日初試身手，竟然大獲全勝。強調胡斐身手不凡是練習父親拳經。

胡斐點中商寶震穴道，連載版是「京門穴」，修訂版是「笑腰穴」。

胡斐硬接王劍英雙刀，修訂版加入：商劍鳴的紫金刀頗為沉重，胡斐刀小，使動時本已不大順手，這時更感吃力。胡斐人小刀輕，符合實際。

在第四章中，趙半山感嘆孫剛峰不及胡斐，修訂版加入：跟著一陣喜歡：「這孩子領悟了我指點的拳理精義，立即能夠變通，當真難得。」修訂版加入趙半山對胡斐的喜歡，為後文和胡斐結為兄弟做好鋪墊。

趙半山要將最精奧拳理指點給胡斐，修訂版加入：要教他臨敵時不可拘泥一格，用正為根基，用奇為變著，免得如王劍英、王劍傑兄弟一般，膠柱鼓瑟，不懂「出奇制勝」的道理。

胡斐見趙半山武功如此神妙，連載版：武功中素來講借力打力，但即是「四兩撥千斤」，但至少也得有四兩之力，如他這般自身一無所有，全憑敵力，當真是匪夷所思。連載版在雙方鬥武的緊張時刻加入不必要的議論，打亂節奏，因此修訂版刪除。

趙半山與胡斐分別時問是否有仇人對頭，連載版：胡斐心想，殺父仇人號稱打遍天下無敵手的苗人鳳，武功非同小可。由於當時胡斐並不知道自己的殺父仇人是誰，因此修訂版改為：我爹爹不知是誰害的，此人既殺得我爹爹，自然武功非同小可。

胡斐找到平阿四後，分了二百兩黃金，要他回滄州居住，自己卻遨游天下，每日裏習拳練刀。修訂版加入：打熬氣力，參照趙半山所授的武學要訣，鑽研拳經刀譜上的家傳武功。說明了胡斐修習的是趙半山所授的武學要訣和家傳武功，因此後來才武功蓋世。

在第五章中，胡斐逼問鳳一鳴時，修訂版加入：「我的鳳凰肉若不是他吃的，便是你們兒子吃了，我一個個剖開肚子來，查個明白。」表現了胡斐懲惡揚善的俠義舉動。

在第六章中，胡斐在飯店吃飯費用，連載版是「三錢五分銀子」，修訂版是「一錢五分銀子」。

兩個侍衛席上談話，修訂版加入：胡斐跟首席坐得雖不甚近，但留神傾聽，盼望兩名侍衛在談話中會提到五虎門，透露一些鳳天南父子行踪的綫索。表現了胡斐處事縝密的性格。

胡斐想三個老武師受人之托作說客，修訂版加入一句：說不定還分別收了三名弟子的好處。

在第七章中，胡斐說「變成拖泥帶水的落水狗」，修訂版加入：若是單做泥鰍派掌門人呢，可又不大光彩。從另一方面描寫胡斐，增幾分幽默。

三兄弟進廟後，胡斐聽一人道，連載版：「那毒物非同小可」；修訂版：「這中間的詭計定然厲害。」後來，胡斐心中奇怪，連載版：「不知是什麼厲害的毒物？」修訂版改為：「不知是什麼厲害的詭計？」

在第八章中，胡斐躺在稻草之中，心中又喜又愁，連載版：真是一股說不出的滋味；修訂版改為：又伸手去摸懷中的那隻玉鳳凰。與前文玉鳳凰的情節相連貫。

胡斐想到對苗人鳳大為欽服，修訂版加入：直到此時，生平遇到的人物之中，真正令他心折的，也只趙半山與苗人鳳兩人而已。趙半山和他拜了把子，苗人鳳卻是沒跟他說過一句話，甚至連眼角也沒瞥過他一下，然而每次想到此人，總覺為人該當如此，才算是英雄豪傑。通過胡斐的心理活動表現出苗人鳳的英雄氣概。

胡斐想起苗人鳳與父親有莫大關連，修訂版加入：當日商家堡一見，自己拳經刀譜的頭上兩頁，也是憑著他的威風才從閻基手中取回，此後時時念及，此刻很想跟著劉鶴真夫婦去瞧瞧。與前文所述在商家堡平四從閻基那裏奪回拳經刀譜的情節相連貫。

胡斐想到袁紫衣，連載版：在這大樹上居高臨下，瞧得甚是清楚，而樹上枝葉茂密，離相鬥的四人又遠，絕不致被我察覺。修訂版刪除。

劉鶴真告訴苗人鳳要送函：胡斐大是驚奇：「怎麼那信是鍾氏兄弟的？他們卻何以又要攔阻？」連載版放在後面，修訂版改在前面初見苗人鳳時。

田歸農這一條計策，也可算得厲害之極了，修訂版加入：胡斐回想昔年在商家堡中所見苗人鳳，苗人鳳、苗夫人、苗家小女孩以及田歸農四人之間的情狀，恨不得立時去找田歸農，將他一刀殺了。再次與前文情節相連貫。

在第九章中，胡斐心想有意的施恩市惠，修訂版加入：忽然想起那日捉了鐵蝎子和小祝融二人去交給袁紫衣，她曾說：「這叫做市恩，最壞的傢伙才是如此。」心中禁不住微感甜意。描寫出胡斐已經對袁紫衣產生感情。

胡斐對程靈素心中欽服無已，修訂版加入：當下說到在洞庭湖見到的兩名死者，程靈素聽說兩名死者臉上滿是黑色，肌肉扭曲，哼了一聲，道：「這種鬼蝙蝠的毒無藥可救。他們什麼也不顧了。」胡斐心想：「鬼蝙蝠是什麼毒，她說了我也不懂。」此段對前面兩人死亡的原因作了解釋。

胡斐握著程靈素的手，連載版：倒像七八歲孩童的手掌；修訂版改為：倒像十一二歲女童的手掌一般。

連載版敘述：胡斐一握到她的手，突然想到一事，背上不禁感到一陣涼意。他本來以為這一切全是在程靈素意料之中，但她這時似乎也感到害怕，看來事情的凶險，連她也已經對付不了。修訂版刪除這段。

在第十章中，胡斐見程靈素什麼秘密也不隱瞞，心中自是喜歡，修訂版加入：只是見了這部毒經心中發毛，似覺多瞧得幾眼，連眼睛也會中毒，不自禁地露出畏縮之意。表現出毒經的厲害。

胡斐呆了半響，也不知是喜是愁，修訂版加入：耳邊似乎隱隱響起了王鐵匠的歌聲：「你不見她面時……天天要十七八遍掛在心。」用王鐵匠的歌聲再次表現胡斐和袁紫衣的感情。

在第十二章中，胡斐告訴程靈素袁紫衣奪掌門人之位，連載版是「五派」，結合前面情節，修訂版改為「三派」。

胡斐待大盜縱馬遠去後回來喝道，連載版：「手下留情處，馬死人不死。」修訂版改為：「老小子手下留情，射馬不射人。」

胡斐說不如現出真面目，倘若兩事有甚關連，連載版：局勢必有變更；修訂版改為：我們也好打定主意應付，免得馬姑娘的丈夫兒子受這無妄之災。

第十三章中，胡斐與秦耐之對話，修訂版加入：「咱們當真再鬥下去，也不知誰勝誰敗。」

胡斐與程靈素進北京，連載版：胡斐突然大悔：「我何必到北京來？」修訂版改為：「胡斐心頭一震：「這次到北京來，可來對了嗎？」

胡斐與程靈素進宅子後對話，修訂版加入一段：胡斐道：「嗯。他們消息也真靈。我們第一天到北京，就能立刻讓我大贏一場。」程靈素道：「我們又沒喬裝打扮，多半一切早就安排好了，只等我們到來。跟汪鐵鶴相遇是碰巧在聚英樓一賭，訊息報了出去，周鐵鶴拿了屋契就來了。」解釋了二人到北京一路順利的原因。

在第十四章中，袁紫衣第三次救鳳天南，連載版：胡斐心念一動，反手來勾背後敵人的手腕。修訂版改為：喝聲未歇，刀鋒已及後頸。這一下來得好快，胡斐手掌不及拍下，急忙側頭，避開了背後刺來的一刀，回臂反手，去勾背後敵人的手腕。

在第十五章中，胡斐只道袁紫衣去而復回，連載版：一時又覺不便開口相詢；修訂版改為：情不自禁的叫道：「你……你又回來了！」

胡斐欲不聽而不可得，連載版：何況藏在女子的閨房之中，若是給他發覺，更為聲名之累；修訂版改為：何況眼前情勢似是來和馬春花私相幽會，若是給他發覺，於馬春花和自己都大大不妥。

胡斐說便須融會貫通，推陳出新，修訂版加入：「弟子所學得內功，一大半是我師父這十八年來閉門苦思、別出心裁所創，的確頗有獨到之處。」

程靈素給胡斐粘上鬍子，修訂版加入：十年之後，胡斐念著此日之情，果真留了一部絡腮大鬍子，那自不是程靈素這時所能料到了。補充這段敘述，與後來實際發生但成書在前的《雪山飛狐》有關胡斐易容的情節聯繫到一起。

在第十七章中，胡斐赴天下掌門人大會，連載版：這一會中，三山五岳的英雄，四海八方的好漢，也不知到了多少。修訂版刪除。

在第十八章中，胡斐想如果田歸農當日寶刀在手，說不定活不到今日。修訂版加入：他不知天龍門這把寶刀由南北二宗輪值執掌，當時卻尚在南宗的掌門人手中。解釋了當時天龍門寶刀由南宗執掌。

在第十九章中，胡斐森然道：「那難說得很。」連載版：「你在佛山祖廟之中，殺死鍾阿四全家，用的是什麼兵刃？」鳳人英大吃一驚，雙手橫持銅棍，說道：「你……你是……」胡斐不待他叫出自己姓名。連載版敘述過於囉嗦，情節不緊湊，修訂版刪除。

田歸農與胡斐對招，雙手外格，以擋側擊。連載版：胡斐叫道：「懷中抱月，乃是虛招！」這「懷中抱月，乃是虛招」八個字，當月胡斐在苗人鳳小屋之外，曾打得田歸農口吐鮮血。這時他忽地聽見，大驚之下，叫道：「你……你是……」胡斐並沒有騙他，這一招「懷中抱月」，果然真是虛招。修訂版刪除。

胡斐踢傷蔡威，修訂版加入：混亂之中，他二人對付蔡威，旁人也未知覺。胡斐對姬曉峰道：「姬兄快走，一切多謝。咱們後會有期。」姬曉峰見情勢不對，拱了拱手，搶步出門。交代了姬曉峰的下落。

圓性告知胡斐救出馬春花，修訂版加入：胡斐沉吟道：「那蔡威不知如何得悉馬姑娘的真相，難道是我們露了破綻麼？」程靈素道：「定是他偷偷去查問馬姑娘。馬姑娘昏昏沉沉之中，便說了出來。」胡斐道：「必是如此。福康安在會中倒沒下令捉我。」圓性道：「若不是程家妹子施這巧計，只怕你難以平安出此府門。」解釋了蔡威得悉馬春花下落和胡斐能夠平安出府門的原因。

胡斐由程靈素同赴約，修訂版加入：程靈素輕聲問道：「袁……袁姑娘，他走了嗎？」胡斐點點頭，心中一酸，轉過身來，走入廟內。

胡斐知道無塵，修訂版加入：又想：「他是紅花會英雄，趙三哥的朋友，然則那福康安，難道當真是我認錯了人？」提及福康安與紅花會舵主陳家洛二人面貌相似，解釋了胡斐誤會的原因。

胡斐展開「四象步法」，修訂版加入：他這「四象步」按著東蒼龍、西白虎、北玄武、南朱雀四象而變，每象七宿，又按二十八宿之形再生變化。

在第二十章中，修訂版在本章開頭增加一段：忙亂了半天，胡斐與程靈素到廟後數十丈的小溪中洗了手臉。程靈素從背後包裹中取出燒餅，兩人和著溪中清水吃了。胡斐連番劇鬥，又兼大喜大悲，這時只覺手酸腳軟，神困力倦，當下躺在溪畔休息了大半個時辰，這才精力稍復，又回去藥王廟。交代了程、胡二人脫險後的行踪。

胡斐想到程靈素的柔情蜜意，修訂版加入：「小妹子對情郎——恩情深，你幸負了妹子一段情，你見了她面時——要待她好，你不見她面時——天天要十七八遍掛在心！」王鐵匠那首情歌，似乎又在耳邊纏繞，「我要待她好，可是……可是……她已經死了。她活著的時候，我沒待她好，我天天十七八遍掛在心上的，是另一個姑娘。」用王鐵匠的情歌表達了胡斐對程靈素的想念。

胡斐將程、馬二人屍身搬到後院，修訂版加入：心想：「兩人屍身都沾著劇毒，須得小心，別沾上了。我還沒報仇，可死不得。」

胡、袁二人被田歸農圍住，修訂版加入：

胡斐低聲道：「我向東沖出，引開眾人，你快往西去。那匹白馬繫在松樹上。」圓性道：「白馬是你的，不是我的。」胡斐道：「這當兒還分什麼你的我的！我不用照顧你，管教能夠突圍。」圓性道：「我不用你照顧，你這就去罷。」若是依了胡斐的計議，一個乘白馬奔馳如風，一個持勇力當者披靡，未始不能脫險。可是圓性不願意，其實在胡斐心中，也是不願意。也許，兩人決計不願再這生死關頭分開；也許，兩人早就心中悲苦，覺得還是死了乾淨。

此時胡斐和袁紫衣的感情已了，增加的這段對話表現了胡、袁二人在危急關頭矛盾、複雜的心情。

二、有關袁紫衣情節的修訂

袁紫衣作為全書的女主角，作者也對其武功、情感、家世等方面進行了細微的修訂，進一步加深讀者印象。

在第六章中，紫衣女郎出場，修訂版加入：她聲音爽脆清亮，人人均覺動聽之至。袁紫衣登場，未見其人，先聞其聲。

劉鶴真見袁紫衣身法、步法，無一不是本門正宗功夫，修訂版加入：但適才折服孫伏虎等三人，所使變化心法，絕非本門所傳，只不過其中差異，若非本門一流高手卻也瞧不出來。側面描寫袁紫衣武功高強。

袁紫衣震斷藍秦長劍，修訂版加入：她使此手法，意在嘩眾取寵，便如變戲法一般，料想旁人非喝彩不可，這彩聲一作，藍秦心中惱怒，再鬥便易勝過他了。果然旁觀眾人齊聲喝彩。描寫袁紫衣不僅武功高強，而且機智聰明。

在第七章中，袁紫衣給胡斐拆字，加「草」為「菲」，連載版：楚辭云：「芳菲菲兮滿堂」修訂版刪除。連載版：加「糸」則為緋，紅緋著紫，主做大官；修訂版改為：加絞絲旁為「緋」，紅袍玉帶，主做大官。

易吉弟子痛罵袁紫衣使奸行詐，修訂版加入：紛紛議論，卻誰也不知她的來歷，於是九龍派所有的對頭，個個或成了她背後指使之人。

袁紫衣在廟中救鳳天南時，連載版：鳳人英突然見她「咦」的一聲驚呼，臉上不由得現出喜容。胡斐回頭瞧著袁紫衣，卻沒見到鳳人英的臉色。作者修訂時不打算過早暴露袁紫衣與鳳天南的關係，因此修訂版刪除。

袁紫衣和胡斐黑暗中較量，心下越來越驚，修訂版加入：暗想：「他怎地忽然如此凶狠？」反映出胡斐對鳳天南的仇恨。

在第十四章中，周鐵鷦和曾鐵鷗對望一眼，修訂版加入一段：他們收了鳳天南的重禮，為他出頭排解，沒能辦成，也不過掃興而已，畢竟事不幹己，並不怎麼放在心上。可是這姑娘竟敢來硬搶掌門之位，如此欺上頭來，豈可不認真對付？側面描寫袁紫衣搶奪掌門的情節。

袁紫衣母親，連載版叫「袁銀花」，修訂版叫「袁銀姑」。

在第十九章中，袁紫衣任掌門教，連載版是「一十三家」，修訂版改為「九家半」。

圓性告安提督看湯沛書信，連載版：「你能設法查封嗎？」安提督道：「有，有！」修訂版改為：「你能設法查對筆迹真假麼？」安提督道：「可以！」查對書信筆迹是準確貼切的。

湯沛與圓性激鬥。修訂版加入：原來湯沛乘著混亂，打倒了拿住他的衛士，便欲逃走，卻給圓性搶上截住。解釋了湯沛被抓但又逃走的原因

在第二十章中，圓性上馬緩步西去，修訂版加入：胡斐追將上去，牽過駱冰所贈的白馬，說道：「你騎了這馬去吧。你身上有傷，還是……還是……」圓性搖搖頭，縱馬便行。

修訂版最後加入：他身旁那匹白馬望著圓性漸行漸遠，不由得縱聲悲嘶，不明白這位舊主人為什麼竟不轉過頭來。修訂版為胡、袁二人的最後離別再增一絲感傷之情。

三、有關南蘭情節的修訂

南蘭僅是書中不重要的一個女配角，她由於得到苗人鳳相救而不情願嫁給了苗人鳳，又因為被田歸農才貌所吸引而跟隨了田歸農，後來看清楚田歸農利用她的本質而又離開了田歸農，是牽扯苗人鳳與田歸農之間關係的紐帶性人物，同時又是讓胡斐得知寶刀秘密的重要人物，所以作者對她的外貌、心理等方面做了一些修訂，豐富了人物形象。

在第一章中，敘述田歸農、南蘭、苗人鳳三人安靜坐著的心中感受，連載版：有大歡喜，有大哀愁，也有大恐懼；修訂版加入：有大憤怒。進一步細化三人當時見面的複雜感受。

在第二章中，描述南蘭的外貌時，連載版：當真是一位絕色麗人；修訂版改為：她身穿一件葱綠織棉的皮襖，顏色甚是鮮艷，但在她容光映照之下，再燦爛的錦緞也已顯得黯然無色。突出南蘭漂亮的外貌。

南小姐被劫持喊救命時，修訂版加入：苗人鳳心想：「這些惡賊奪了刀還想殺人，這可不能不管。」前文敘述苗人鳳並不想管事，但由於惡賊奪刀還要殺人，因此才必須管。

南蘭對女兒的哀求無動於衷，連載版：連頭髮也沒一根擺動；修訂版改為：連衣衫也沒一點擺動。修訂後準確地表現了南蘭對女兒的無情。

南小姐見苗人鳳中毒計，連載版：南小姐嚇得連哭也哭不出來；修訂版改為：南小姐慢慢醒轉，見自己跌在苗人鳳懷裏，急忙站起，雙腳一軟，又倒在雪地裏。更細緻的描寫南蘭當時的感受。

南蘭初見田歸農時，連載版說：田歸農無一不會，無一不精；修訂版改為：他沒一句話不在討人歡喜，沒一個眼色不是軟綿綿的叫人想起了就會心跳。修訂後南蘭對田歸農的感受描寫的更加細緻。

在第十一章中，南蘭對前夫苗人鳳並不覺得可怕，連載版「她是瞧不起的」。南蘭雖然不喜歡苗人鳳，但不至於對這位英雄丈夫瞧不起，因此修訂版刪除。

南蘭討厭人家打拳動刀，修訂版加入：就算武功練得跟苗人鳳一般高強，又值得什麼？何況，她雖然不會武功，卻知道田歸農永遠練不到苗人鳳的地步。修訂加入南蘭心理鄙視武功，同時又說明了田歸農武功不如苗人鳳。

四、各章其他情節的修訂

第一章 大雨商家堡

開篇「一個嘶啞的嗓子低沉地叫著」，修訂版加入：叫聲中充滿著怨毒和憤怒，語聲從牙齒縫中迸出來，似是千年萬年、永恆的詛咒，每一個字音上塗著血和仇恨。表現出商老太對胡一刀和苗人鳳的怨恨之情。

連載版的「馬一鳳」，修訂版改為「馬春花」，修訂版加入：這名字透著有些俗氣，可是江湖上的武人，也只能給姑娘取個什麼春啊花啊的名字。書中帶「鳳」字的人物過多，苗人鳳、鳳天南等等，馬春花這個名字比較符合浪迹江湖女子的身份。

連載版，田歸農出場是「三十歲上下年紀」，修訂版改為「三十七八歲年紀」。結合全書故事情節，三十七八歲比較符合田歸農的真實年紀。

南蘭出場時佩戴的首飾，連載版：頸中掛著一串珍珠，顆顆精圓，顯是價值不菲。修訂版改為：頭上插著一枝鑲珠的黃金鳳頭釵，看那珍珠幾有小指頭大小，光滑渾圓，甚是珍貴。對於南蘭首飾的描寫更加細緻，突出其貴婦身份。

武官何思豪自我介紹時，連載版：「在下是御前二等帶刀侍衛何思豪。」修訂版改為：「在下是御前侍衛何思豪。」後又加入：其實皇帝身邊的侍衛共分四等，侍衛班領，什長，一、二、三等及藍翎侍衛，都由正黃、鑲黃、正白內三旗的宗室親貴子弟充任。漢侍衛已屬第四等，這何思豪在侍衛中只是最末等的藍翎侍衛，所謂大內十八高手，那是他識得人家，人家就不識得他了。修訂後將江湖武林與京城大內聯繫一起，交代出清代的歷史背景，更增歷史感。

敘述三個侍衛加入戰團，連載版：那三個侍衛武功只是平平，商寶震使開八卦刀法，宛似生龍活虎一般。商寶震武藝一般，修訂版刪除這段描寫。

描寫苗人鳳出場時，猛聽得一人嗓子低沉，連載版：叫道：「好功夫！」這三字一出口，田歸農和那美婦登時如鬼魅。修訂版改為：嘿嘿嘿三下冷笑。這三聲冷笑傳進廳來，田歸農和那美婦登時便如聽見了世上最可怕地聲音一般。苗人鳳從武功到人品均不會瞧得起田歸農，因此不可能贊揚其「好功夫」，修訂版改為三下冷笑，為苗人鳳出場更增神采。

第二章　寶刀與柔情

苗人鳳見腳夫輕功了得，知道其中必有蹊蹺，連載版：難道這兩位武林高手，竟然隱身而操厮養之役？修訂版改為：這腳夫似在追趕那車夫，有什麼凶殺尋仇之事。修訂了連載版的語義晦澀，而且未指明是「武林高手」，只是兩名「腳夫」，保留懸念。

鄂北鬼見愁鍾家功夫，連載版是「雁行功」，修訂版是「奈何功」。

敘述眾客商在廳上烤火喝白乾，修訂版補充一句：車夫、腳夫、補鍋匠都在其內。點名眾客商身份。

苗人鳳想不知哪個好漢給害死了，修訂版加入：那五名奪刀的豪客，必定識得這個大盜，知道大盜有一柄寶刀，於是一路跟踪下來。補充解釋為何五名豪客能覓得寶刀踪迹。

第三章　英雄年少

商老太反擊閻基的招數，連載版：但這種「圍魏救趙」之術總是帶著七分冒險；修訂版：但這種拼著兩敗俱傷的打法，總是帶著九分冒險。修改後比連載版描述的更加準確，也通俗易懂。

眾人議論商老太制服閻基時，連載版：有的說商老太一頓勸喻，那盜魁登時大徹大悟，決心痛改前非；修訂版改為：有的說商老太一頓勸喻，動以利害，那盜魁想到與御前侍衛為敵，非同小可，終於懸崖勒馬。閻基作為匪首在很短時間內要痛改前非似乎不切實際，而以御前侍衛護鏢做為理由更具說服力。

商老太教訓兒子時，修訂版加入：「這苗胡二賊的武功，你此刻跟他們天差地遠，但只要勤學苦練，每過得一日，你武功長一分，這二賊卻衰老了一分，終有一日，要將二賊在八卦刀下碎屍萬段。」馬行空心想：「這母子二人閉門習武，不知胡一刀早於十年前便死了。」側面敘述了苗胡二人的事迹。

商老太制住胡斐穴道，連載版是「梁門穴」，修訂版是「笑腰穴」。

敘述王氏「八卦游身」功夫向是武林一絕，修訂版加入：當年王維揚曾以此迎門「火手判官」張召重，這一發足奔行，當真是「瞻之在前，忽焉於後」。將《書劍恩仇錄》有關的人物及情節貫穿其中。

趙半山的絕技，連載版是「太極拳、太極劍」，修訂版加入「暗器功夫」。

提醒王劍英鏢上有毒的人，連載版是「商老太」，修訂版改為「趙半山」。商老太對王劍英痛恨，不可能好意提醒，而趙半山為人和善，提醒自然合乎情理。

第四章　鐵廳烈火

趙半山解釋太極拳「亂環訣」時，連載版：許多自幼積在心中的疑難，憑他三言兩語，登時豁然而通。修訂版加入：師父解說不出，自己苦思不明。

趙半山授「陰陽訣」時，連載版：就似當年聽師父傳授武功一般，隨口應道：「是。弟子用心記著。」修訂版改為：就似當年聽父親傳授武功一般，隨口應道：「是，孩兒用心記著。」按照二人年齡差異，改為似同父子較為貼切。

陳禹奮全身之力擊向趙半山，連載版：「這一拳乃是他情急拼命，去勢非同小可，眼見趙半山閃避不及，這一拳中了，登時便得嘔血重傷。」趙半山武功遠遠高於陳禹，無需為此擔心，因此修訂版刪除。

商老太抱怨王氏兄弟不報仇，連載版：「王劍英連連頓足，待要再辯」；修訂版改為：「王劍英道：「劍鳴兄弟的死訊，我們今日才聽到，更不知是胡一刀所害。若是早知，自然已為他報了大仇。」商老太冷笑道：「你昧了良心，說這等鬼話。」王劍英說道：「剛才我手上受傷中毒，不也是為了……」增加了王劍英向商老太解釋不知商劍鳴死訊的原因。

眾人眼見熱氣上冒，無不心驚，修訂版加入：過得片刻，頭頂也見到了熱氣，原來廳頂也是鐵板，上面顯然也堆了柴碳，正在焚燒。細緻描寫了當時危機情形。

趙半山叫大夥兒同舟共濟，修訂版加入：心想：「只要商老太肯放王氏兄弟，便有脫身之機。」體現了趙半山思維敏捷，考慮事情周全。

商老太自殺於火中，趙半山長嘆一聲，連載版：不想眼見商老太被火所化的慘劇；修訂版改為：心想這位老太太雖是女流，性子剛烈，勝於鬚眉。從趙半山的感嘆表現出了商老太的剛烈，令人同情。

第五章　血印石

連載版的「鳳人英」，修訂版改為「鳳天南」。

鍾阿四的菜園，連載版是「三畝幾分」，修訂版改為「兩畝幾分」。

朝奉提筆寫當票，修訂版加入：「年息二分，憑票取贖。蟲蟻鼠咬，兵火損失，各安天命，不得爭論。三年為期，不贖斷當。」充滿幽默風趣，為隨後胡斐大鬧當鋪情節的開展作鋪墊。

連載版的「鳳一華」，修訂版改為「鳳一鳴」，出場年齡，連載版：約莫十八九歲年紀；修訂版改為：二十歲上下。

鳳天南出場時，修訂版加入：只是腳步凝穩，雙目有威，多半武功高強。

鳳天南的黃金棍，連載版：「長達九尺」；修訂版改為：「長達七尺。」棍招，連載版是「凌空掃月」；修訂版是「驅雲掃月。」

第六章　紫衣女郎

連載版中，由坐首席的侍衛說奉福公子之命請萬老拳師，修訂版明確坐首席的侍衛即是何書豪。

崔百勝綽號，連載版是「金蝎子」，修訂版是「鐵蝎子」。

第七章　風雨深宵古廟

與劉鶴真一同進廟的少婦，連載版「那少婦姓王，正是他的續弦妻室」；修訂版刪除。連載版少婦名叫王仲萍，修訂版後來點出叫仲萍的少婦。

第八章　江湖風波惡

劉鶴真與仲萍對話，修訂版加入：自從我那老伴死後，我只道從此是一世孤苦伶仃了。不料會有你跟著我，對我又是這般恩愛。我又怎捨得跟你分開？

山西太原府童老師，修訂版為童懷道。

劉鶴真自毀雙目徑自去了，修訂版加入：過不多時，只聽一個女子聲音驚呼起來，卻是他的妻子王氏。

連載版：苗人鳳道：「小兄弟，屋梁上有一隻鐵盒子，你給我取來。」胡斐道：「是。」縱身躍起，左手攀住屋梁，右手在梁上一摸，果然有一隻鐵盒，於是取下來放在他凶器那被上。修訂版刪除。

鍾兆文陪胡斐走一遭，修訂版加入：對兆英、兆能二人道：「大哥，三弟，你們在這裏瞧著。」鍾兆英、兆能兩人臉上微微變色，均有恐懼之意，隨即同聲說道：「千萬小心。」

第九章　毒手藥王

胡斐和鍾兆文縱馬西馳，修訂版加入一大段：突然之間，只見右手側兩個人俯身湖邊，似在喝水。……鍾兆文也點了點頭。補充敘述一段，描寫兩人中毒身亡，突出凶險的徵兆。

胡、鍾二人看到墳墓樣的屋子，修訂版加入：兩人均想：「瞧這屋子的模樣，那自然是藥王莊了。」

第十章　七心海棠

程靈素和姜鐵山二人困守在鐵屋之中的情節改動較大。連載版說：

只見薛鵲從懷中取出一個小藥瓶，交給程靈素，道：「斷腸草的解藥。」頓了一頓，又冷冷的道：「師妹自然也會配製，只不過多費時日，一時趕不及罷了。」胡斐聽到「斷腸草的解藥」六字，不由得大喜。

程靈素拔開瓶塞，離鼻子遠遠的聞了一下氣息，道：「多謝師姊。」向胡斐瞧了一眼，蓋上瓶塞，隨手便遞給了他，說道：「小鐵，你怎麼把斷腸草送給外人？」她說這話之時，向小鐵一眼也沒瞧。姜小鐵嚇了一跳，心想：「你怎麼知道？」囁嚅著道：「我……我……」姜鐵山道：「小師妹，小鐵此事大錯，愚兄已責打他過了。」說著走過去拉起小鐵的衣衫，推著他身子轉過背後來，露出滿背鞭痕，血色殷然，新結的疤。程靈素給他療毒之時，早已瞧見，但想將本門毒藥贈與外人，實是本門第一大忌，不得不再重提。其實她所以知道小鐵贈藥與人，也是因見到他背上鞭痕，這才推想而知。她想起先師無嗔大師諄諄告誡，說道：「你自己使毒，便算誤傷好人，立時施救，尚有補過的餘地。若是把本門毒藥送給外人，他拿去傷害無辜，要救也無從救起，這罪孽比本人下毒更重十倍。」

修訂版作較大改動：

程靈素說道：「小鐵，中了鬼蝙蝠劇毒那兩人，都是孟家的吧？你下手好狠啊！」她說這話之時，向小鐵一眼也沒瞧。姜小鐵嚇了一跳，心想：「你怎知道？」囁嚅著道：「我……我……」姜鐵山道：「小師妹，小鐵此事大錯，愚兄已責打他過了。」說著走過去拉起小鐵的衣衫，推著他身子轉過背後來，露出滿背鞭痕，血色殷然，都是新結的疤。

程靈素給他療毒之時，早已瞧見，但想到使用無藥可解的劇毒，實是本門大忌，不得不再提及。她所以知道那兩人是小鐵所毒死，也是因見到他背上鞭痕，這才推想而知。她想起先師無嗔大師的諄諄告誡：「本門擅於使毒，旁人深惡痛絕，其實下毒傷人，比之兵刃拳腳卻多了一層慈悲心腸。下毒之後，如果對方悔悟求饒，立誓改過，又或是發覺傷錯了人，都可解救。但若一刀將人殺了，卻是人死不能復生。因此凡是無藥可解的劇毒，本門弟子決計不可用以傷人，對方就是大奸大惡，總也要給他留一條回頭自新之路。」

放錐的小姑娘在連載版裏是田歸農之女，修訂版點名叫田青文，與《雪山飛狐》情節相一致。

第十一章　恩仇之際

鍾兆文到苗人鳳屋外，修訂版加入更為詳細的描寫：鍾兆文見屋外的樹上繫著七匹高頭大馬，心中一動，低聲道：「你們在這裏稍等，我先去瞧瞧。」繞到屋後，聽得屋中有好幾人在大聲說話，悄悄到窗下向內一張，只見苗人鳳用布蒙住了眼，昂然而立，廳門口站著幾條漢子，手中各執兵刃，神色甚是凶猛。

第十二章　古怪的盜黨

敘述胡斐不知無嗔大師平時常和這個最鍾愛的小弟子講述各家各派武功，連載版：因此她一見便知；修訂版改為：因此她雖然從未見過雷振擋，但一聽其名，便知尚有一把閃電錐。

大盜出言譏諷徐錚，連載版：「什麼飛馬鏢局，我瞧是改作飛狗還好些。」修訂版改為：「什麼飛馬鏢局？當年馬老鏢頭走鏢，才稱得上『飛馬』二字，到了姓徐的手裏，早該改稱狗爬鏢局啦！」通過大盜的出言譏諷，表現了徐錚的懦弱無能。

眾人道他要以烟管當作兵器，哪知他竟將烟管插在衣領之中。修訂版加入：又見他下馬的身法如此笨拙狼狽。

那姓聶的這時再也不敢輕慢，劍走輕靈，連載版：使出一路少林正宗的「達摩劍法」；修訂版改為：身手甚是便捷。

第十三章　北京眾武官

秦耐之給胡斐解釋拳法，修訂版加入：神態又極恭謙……又想，反正他武功強勝於我，學了我的拳法，也仍不過是強勝於我，又有什麼大不了？

八月初十，雖已立秋，但頗炎熱，修訂版加入：那是叫作「桂花蒸」。描寫了當地的節氣風俗，增添知識性、趣味性。

第十四章　紫羅衫動紅燭移

曾鐵鷗叫道：「好體貼的哥哥妹妹啊！」修訂版加入：學的是旗人惡少的貧嘴聲調。

第十五章　華拳四十八

那丫鬟答應了。修訂版加入：老夫人拉開桌邊的抽屜，取出一把鑲滿了寶石的金壺，放在桌上。連載版裝參湯的是一隻蓋碗。之後，連載版：胡斐將蓋碗捏成碎片作為暗器；修訂版：將金壺上的寶石作為暗器。

誰也不肯上去挑戰，連載版：程靈素見他力敗群雄，心下暗喜：「看來他這掌門之位是拿定了。」修訂版改為：後來藝字派、行字派三派中各出一名拳術最精的壯年好手，聯合上臺，但十餘合後還是盡數敗了下來。這一來，四派前輩名宿，青年弟子，盡皆面面相覷，誰也不敢挺身上臺。

程靈素給姬曉峰的解藥，連載版：也只是普通健身的參茸丸；修訂版改為：也只是治金創外傷的止血生肌丸。

第十六章　龍潭虎穴

連載版「張黑」，修訂版改為「張九」。

汪、張二人驚得話也說不出來，連載版：要知胡斐昨晚在福府中這麼一鬧，四下裏大搜了半夜，早已名動九城，福康安手下的衛士，哪一個不知昨晚有一個胡斐去行刺福大帥？修訂版刪除。

第十七章　天下掌門人大會

誰又瞧得出她是個十七八歲的大姑娘？修訂版加入：胡斐對蔡威說是奉了師父之命，不得在掌門人大會中露了真面目，蔡威唯唯而應，也不多問。

早有人隨聲附和，紛紛喝彩，修訂版加入一段：福康安又道：「得了這二十四隻御杯的，自然要好好的看管著。若是給別門派搶了去、偷了去，那玉龍八門、金鳳八門、銀鯉八門，跟近日會中所定，卻又不同了哇！」這番話說得又明白了一層，卻仍有不少武人附和哄笑。表現出福康安企圖讓武林人士自相殘殺的陰謀詭計。

周隆在連載版是「哪吒拳」掌門人，修訂版改為「金剛拳」掌門人。

郭玉堂起身讓座，修訂版加入：說道：「程老師，我這席上只有四人，要不要到這邊坐？」

胡斐道：「甚好！」向大聖門的猴形老兒告了罪，和程靈素、姬曉峰、蔡威三人將杯筷挪到郭玉堂席上，坐了下來。

鴨形拳弟子其中一個，連載版叫「齊伯進」，修訂版叫「齊伯濤」。

第十八章　寶刀銀針

沒人再向童懷道挑戰，連載版：胡斐心下甚喜：「他是鍾氏三雄的好朋友，讓他奪得一隻玉龍杯，倒也不錯。」修訂版刪除。

群雄一齊轟笑起來，連載版：心想兩人比武，一個旗開得勝，一個馬到成功，已然絕無此理，想不到連第三者的公證人也「得勝」和「成功」起來啦！修訂版刪除。

田歸農點童懷道「曲泉穴」，修訂版加入：這一招並非劍法，長劍連鞘，竟是變作判官筆用。

石先生出場時，連載版：臉色卻是光滑白嫩，有如孫兒；修訂版改為：臉上升滿了黑斑。奇人奇貌，令人難忘。

第十九章　相見歡

眾人竊竊私語，修訂版加入：另一人道：「不錯！華拳門當然勝過了天龍門。」

湯沛書信筆迹，連載版：兩封信上的字迹果是一般無異；修訂版改為，兩封信上的字迹卻並不甚似，但盛怒之際，已無心緒去細加核對。由於盛怒之下缺乏冷靜，才未認出字迹，符合情理。

紅花會群雄傳過圓性功夫，修訂版加入：天池怪俠袁士霄老來寂寞，對她傳授尤多。袁士霄於天下武學，幾乎說得上無所不知，何況再加上十幾位名師。將《書劍恩仇錄》中有關紅花會群雄及袁士霄等人的故事情節與本書有機的聯繫在一起。

第二十章　恨無常

只聽程靈素又道，連載版：但兩位雖然叛出本門，總是曾經做過小妹的師兄師姐，小妹一生從未殺過人，不能讓師兄師姐的性命，喪在小妹手中。修訂版刪除。

程靈素想到砍斷胡斐右手，延續九年性命?修訂版加入：三般劇毒入體，以「生生造化丹」延命九年，此後再服「生生造化丹」也是無效了。

程靈素吸口毒血吐在地下，修訂版加入：若是尋常毒藥，她可以用手指按捺，從空心金針中吸出毒質，便如替苗人鳳治眼一般，但碧蠶毒蠱、鶴頂紅、孔雀膽三大劇毒入體，又豈是此法所能奏效?解釋了程靈素為什麼不用金針吸毒而必須要用口吸毒的原因，這也導致其中毒而死，增加了悲劇色彩。

田歸農以為南蘭告訴胡斐其父死於苗人鳳之手，修訂版加入：他聽南蘭叫胡斐埋葬骨灰壇，不便拂逆其意而指揮武士阻止，反正胡斐早死遲死，也不爭在片刻之間。

新修版最後又加入一段，主要描述胡斐望著圓性的背影，耳邊又響起王鐵匠的情歌，回頭望著父親墳上程靈素骨灰埋葬之處，心中一番感慨，更增添全書悲劇傷感的氣氛。

為一幅「江湖諧趣圖」增色——《鴛鴦刀》連載版與修訂版評析

《鴛鴦刀》是金庸於一九六一年創作的一部以清代為故事背景的中篇小說。五月一日，《鴛鴦刀》開始在《明報》連載，與《神鵰俠侶》安排在同一版面，到五月二十八日刊完，之後由胡敏生書報社結集成書出版發行。從篇幅字數看，《鴛鴦刀》大概有三萬七、八千字，只比金庸創作的短篇小說《越女劍》長，是金庸十五部作品中第二短的小說，與《白馬嘯西風》也是僅有的兩部中篇小說。在版本修訂方面，這兩部中篇小說的修訂程度可謂天壤之別，《白馬嘯西風》是金庸所有小說中改動最大的作品之一，而《鴛鴦刀》卻是改動最小的作品之一。

《鴛鴦刀》雖稱不上金庸作品中的力作，但其創造的喜劇性場面和人物都自有特色，讀武俠小說，令人讀得如此輕鬆快活，《鴛鴦刀》在這方面可謂獨步古今。《鴛鴦刀》的新修版與修訂版之間改動甚少，而修訂版與連載版之間雖存在一些改動，但改動幅度不大，語言文字方面有所細微變化，將現代白話盡可能用半文半白語言表述，例如，「如果是」改為「若是」，「側目」改為「凝神」，「一瞬之間」改為「頃刻之間」，等等。除此之外，修訂版的改動主要集中在新增了周威信的「江湖妙訣」、修訂了有關故事的歷史背景、增加了符合全書幽默主題的故事情節及其他方面的修訂這四個方面，多數修訂的內容均與全書幽默風趣、輕鬆活潑的風格主題相得益彰。以下對《鴛鴦刀》連載版和修訂版之間的差異作具體比較評析。

一、新增周威信的「江湖妙訣」

真人不露相，露相不真人；
小心天下去得，莽撞寸步難行；
忍得一時之氣，可免百日之災；
寧可不識字，不可不識人；
容情不動手，動手不容情；
相打一蓬風，有事各西東；
只要人手多，牌樓抬過河；
晴天不肯走，等到雨淋頭；
響屁不臭，臭屁不響；

行家一出手，便知有沒有；
若要精，聽一聽，站得遠，望得清；
做賊的心虛，放屁的臉紅；
十個胖子九個富，只怕胖子沒屁股；
手穩口也穩，到處好藏身；
念念當如臨敵日，心心便似過橋時；
你去你的陽關道，我走我的獨木橋；
光棍不吃眼前虧，伸手不打笑臉人；
一夫拼命，萬夫莫當；
有緣千里來相會，無緣對面不相逢；
萬事不由人計較，一生都是命安排；
路大好跑馬，樹大好遮蔭；
強中自有強中手，惡人自有惡人磨；
光棍教子，便宜莫貪。

上述二十多條所謂的「江湖妙訣」並沒有出現在最初報紙的連載版中，均是金庸後來在修訂時新增加的，而且都是周威信以「江湖上有言道」的口頭語自述的，其一言一行莫不受「江湖上有言道」這六字所支配制約，這也是該書增寫內容最多的地方。周威信是書中塑造的一個喜劇性諷刺人物，其武功不見得有多高超，見識不見得有多廣闊，作為一個鏢局的總鏢頭，從他個人角度說一些頗為「正經」、「嚴肅」的江湖經驗妙訣，這些所謂的「江湖妙訣」成為他能夠混迹江湖的一大法寶，令故事情節的發展笑料百出，使得讀者看後忍俊不禁。雖然周威信不是全書的主要人物，但作為一個聯繫全書情節的角色，從保鏢、護鏢開始，其一言一行均貫穿於全書情節的發展變化，帶動其他主要人物的陸續出場，同時讀者也伴隨著他的這些「江湖上有言道」的妙訣，感受著《鴛鴦刀》全篇幽默詼諧趣、輕鬆活潑的風格主題。

周威信表面上有一個老江湖的處世之道，他自信「善者不來，來者不善」，又抱定「忍得一時之氣，可消百日之災」，儘管肚皮裏的江湖俗語實在太多，但這些「江湖妙訣」卻一點不靈。周威信後來遇上任飛燕夫婦，對方見他背上包袱沉重，問他藏有什麼東西，他竟然衝口而出：「鴛鴦刀。」這一細節描寫說明一個人一旦背上沉重的「思想包袱」，他往日的經驗與老練的處世之道往往會全部化為烏有，結果必然是弄巧成拙。憑周威信這點本事，當然擔當不起護送鴛鴦刀的重任，他私心極重，一心想護刀進京，變周鏢頭為周大老爺，憑著「江湖妙訣」行事，但屢次失風，最後又敗在師伯卓大雄的鞭下。他不怪自己本事太差，反而拿出江湖妙訣「萬事不由人計較，一生都是命安排」來自我安慰。周威信憑著「江湖妙訣」大出洋相，為金庸筆下的那幅「江湖諧趣圖」增色不少。

二、有關故事歷史背景的修訂

川陝總督劉於義對周威信臨別前囑咐的相關內容有所刪改。敘述鴛鴦刀的事迹時，連載版說：那本是大內中所藏之物，先帝康熙爺賓天之際，不知怎的給人偷盜出去，流落在外。今上接位之後便下了密旨，命天下十八省督撫尋訪，十三年來始終不見踪迹。修訂版改為：今上還在當貝勒的時候，便已密派親信，到處尋覓。接位之後，更下了密旨，命天下十八省督撫著意查訪。好容易逮到了「鴛鴦刀」的主兒，可是這對寶刀卻給那兩個刁徒藏了起來，不論如何偵查，始終如同石沉大海一般。

劉於義在歷史上確有其人，但據史記載，其暫代川陝總督的年份是從乾隆元年到乾隆二年，只有兩年，如果按照這個時間計算，故事應當發生在乾隆元年至二年期間。然而，連載版將鴛鴦刀被盜的時間安排在康熙皇帝賓天之際，那麼以此推測故事發生的年代應當在雍正十三年，顯然與史實有所矛盾。因此，修訂版有意回避了故事發生的準確歷史時代，不再將鴛鴦刀被盜一事安排在康熙皇帝賓天、雍正皇帝登基之際，當然讀者從「今上還在當貝勒」及江湖俠士反抗朝廷等情節，可以判斷出故事應當發生在清初的雍正皇帝時期。當然，作為文學作品，對於劉於義暫代川陝總督的年代可以不必認真考究。同時，修訂版補充敘述「寶刀卻給那兩個刁徒藏了起來」，為後文具體交代袁林兩位俠士護刀的俠義行徑做好鋪墊。

川陝總督劉於義得刀後，連載版敘述：滿清暴虐，普世豪傑，無不想結義推翻清廷，還我漢家河山，倘若刀中秘密為清帝發見，從此無敵於天下，豈不是苦我百姓。正如前文所說，幽默風趣、輕鬆活潑始終是貫穿全書情節發展的主題風格，如果突兀的插入這樣一段比較嚴肅正統的政治性敘述，顯然與全書幽默的主題風格不符，而且後來從袁林兩位義士及蕭半和等人的俠義行為，本身已經說明了奪刀的原因，也沒有必要人為的加入這樣一段敘述。另外，滿漢各族皆為華夏炎黃子孫，作者在後來的修訂中民族思想日益加強，比較注重各民族之間的團結、融合，有意弱化了滿、漢民族的政治恩怨，因此這段情節交代在修訂版中刪除。

三、增加幽默諧趣的故事情節

以下幾段是關於周威信情節的修訂：

周威信極想見識寶刀，修訂版增加一段：倘若僥幸得知了刀中秘密，「鐵鞭鎮八方」變成了「鐵鞭蓋天下」，自然是妙不可言，但總督大人的封印誰敢拆破？周大鏢頭數來數去，自己總數也不過一個腦袋而已。周威信在《鴛鴦刀》中算不上一流高手，但金庸著墨極寫此人的心理活動，展示鏢局中人的特定身分與個性特色。增加了周威信很想見識寶刀但又不敢拆破封印的相互矛盾的心理描寫，語言極賦喜劇感和幽默感，增添了不少文趣。

描述周威信一生經歷過大風大浪，修訂版加入：風頭出過，釘板滾過，英雄充過，狗熊做過，砍過別人的腦袋，就差自己的腦袋沒給人砍下來過，算得是見多識廣的老江湖了。修訂後的語言妙趣橫生，既諷刺了「經歷過大風大浪」的周威信，又令人讀後忍不住噴飯。

劉大人曾親口許下重賞，自然是「君子一言，快馬一鞭」，說不定皇上一喜歡，竟然賞下一官半職，從此光宗耀祖，飛黃騰達，接著，連載版說：再也不用幹這在刀尖子上捱命的江湖生涯；修訂版改為：周大鏢頭變成周大老爺周大人。修訂後使文章語言更增幽默諧趣。

周威信保鏢時，修訂版加入：八方鎮不了，鎮他媽的一方半方也還將就著對付……一做上官，周大老爺公堂上朝外一坐，招財進寶，十萬兩銀子還怕賠不起？再說，大老爺只有伸手要銀子，哪有賠銀子的？修訂後的言語雖然有些粗俗，但更體現了周威信這個人的性格，增添諷刺意味，符合全書幽默風格。

周威信與「太岳四俠」交手，坐騎發足狂奔，新修版加入：猛聽得波的一聲大響，有人放了個響屁，這屁乃自己所放。江湖上有言道：「響屁不臭，臭屁不響。」這話倒也有道理，此屁果然不臭，因此之故，卻也沒把大敵逍遙子熏跑了。

周威信遭到逍遙子放暗器時，連載版說：他又是吃驚，又是好笑；修訂版說：武林高手飛花摘葉也能傷人，他這雙破鞋飛來，沒傷我性命，算得是手下留情。同上所述，修訂後更符合人物性格，周威信已是膿包一個，「太岳四俠」更有過之，平添幾分樂趣。

周威信想到「何況只有兩夫」，新修版加入：不，只有一夫，另一個是女不是夫。

以下幾段是關於「太岳四俠」情節的增改：

描寫老三花劍影外貌，在「若不是一副牙齒向外凸出了一寸」後加一句：一個鼻頭低限了半寸。

常長風見林任夫婦二人即將來時，說：「對，好歹也得弄他幾十兩銀子。」修訂版加入：捧起了墓碑，抱在手裏。原來他外號叫作「雙掌開碑」，便以墓碑作兵器，仗著力大，端起大石碑當頭砸將過去，敵人往往給他嚇跑了。至於墓碑是誰的，倒也不拘一格，順手牽碑，瞧是那個死人晦氣，死後不積德，撞上他老人家了。

蓋一鳴讓蕭中慧留下馬兒，新修版加入：「咱們太岳四俠雖在黑道，素來單只劫財，決不劫色，守身如玉，有個響噹噹的名聲。太岳四俠遇上美貌姑娘堂客，自當擺出正人君子模樣，連一眼也不多瞧。」那少女道：「你都瞧了我七八眼啦，還說一眼也不多瞧呢？」蓋一鳴道：「這個不算，我是無意之中，隨便瞧瞧！」

常長風墓碑掉地上，修訂版加入：只聽「哎喲」一聲，跳將起來，原來墓碑顯靈，砸中了他腳趾。

逍遙子嘆了口氣道，新修版加入：「此言差矣，老夫年逾五旬，猶是童子之身，生平決不對姑娘太太無禮。」

逍遙子與花劍影對話，連載版：蓋一鳴心道：「咱們親身吃了苦頭，那還用你說。」；修訂版改為：蓋一鳴道：「大哥料事如神，言之有理。」蓋一鳴奉承逍遙子的話在後文又重複過多次。

逍遙子被少女蕭中慧提著時說話，修訂版加入：那也不足為奇怪，非戰之罪，雖敗猶榮。「太岳四俠」持有寶釵在手，修訂版加入：逍遙子道：「這位姑娘慷慨豪爽，倒是我輩中人。」蓋一鳴道：「大哥料事如神，言之有理。」兩人對話之間，修訂版加入：常長風道：「果然好一位俠義道中的女俠！哎喲！」原來給墓碑砸中的腳趾恰好發疼。

金庸在小說中塑造主角極顯功力，但他寫配角也駕輕就熟。周威信和「太岳四俠」雖然不是全書的主要人物，但作者對幾人的塑造卻非常成功，尤其是「太岳四俠」的形象甚至比全書幾個主要人物還令人深刻。這四個插科打諢的角色一會兒大言不慚，攔路打劫，一會兒義薄雲天，濟困扶危，讀得人忍俊不禁。上述幾段新增文字嘲笑譏諷了「太岳四俠」個個是武功稀鬆平常、見識差勁卻可愛至極的渾人。對於幾個配角塑造得如此成功，令人難忘，不得不佩服作者的文學功底。

蕭中慧遇到「太岳四俠」後，修訂版加入：覺得天下的英雄好漢，武功也不過如此；聽到鏢師說話，修訂版加入：覺得要去劫鴛鴦刀，也不是什麼難事。修訂後描寫年輕的蕭中慧初入江湖，不識時事，缺少經驗，也表現了年輕少女天真無邪的性格。

四、其他方面的修訂

報刊連載版為了讀者便於每天閱讀而分成九個部分，一、太岳四俠；二、少年書生；三、一顆明珠；四、歡喜冤家；五、一鞭斷十槍；六、腐骨穿心膏；七、夫妻刀法；八、母子相逢；九、尾聲。由於《鴛鴦刀》是部篇幅不長的中篇小說，所以修訂版為了保持全書情節的連貫性，不再拆分成若干部分，而一氣呵成作為一個整體。

連載版的「蕭半天」在新版裏改為「蕭半和」。

眾人下榻的汾安客店具體位置，修訂版為甘亭鎮：這甘亭鎮在晉南臨汾縣與洪洞縣之間；新修版改為官水鎮：這官水鎮在晉州西南。

敘述高僧傳授林任夫婦「夫妻刀法」時，新修版加入：他見這對夫婦天性良善淳樸，為了俠義，只是魯莽暴躁，不斷吵架。補充解釋了雖然林任夫婦魯莽暴躁，不斷吵架，但高僧仍傳授刀法，主要因為二人天性良善淳樸，具備俠義之情。

袁冠南和蕭中慧在尼庵分手時，修訂版加入：蕭中慧輕聲道：「請你到蕭半和大俠家中來找我。」這裏解釋了修訂版的一個漏洞，袁冠南是游學尋母到了山西晉南，但在修訂版中和林任夫婦直接去給並不熟悉的蕭半和祝壽，情節發展顯得突兀，新修版加入是蕭中慧讓他到蕭半和家中，就符合邏輯了。

袁冠南呈上一隻開了蓋的長盒。蕭半和謝了，修訂版：接過一看，不由得呆了，三個字脫口而出：「鴛鴦刀！」；新修版改為：接過看時，盒中赫然是一柄青光閃閃的利刃，長刃鴛刀，和女兒日前奪會來的短刃鴦刀正是一對。由於蕭中慧已經奪得鴦刀，因此袁冠南呈獻的只能是鴛刀，新修版表述更加準確。

蕭半和問明瞭得刀經過，新修版加入：再細問袁冠南的師從來歷，知他自小跟父母失散，又問了他學藝過程，以及生平志向和所結交的好友，由此而推知他的人品行事。蕭半和剛和袁冠南見面，僅憑女兒介紹就決定將女兒嫁給他，似乎略顯草率，加入這段話，補充了對袁冠南身世、人品的考察，更符合實際。

林任夫婦教完「夫妻刀法」，私心大慰，修訂版加入：而且從教招之中，領會了一些夫妻互相扶持的道理，居然一整天沒有爭吵。授藝於人，自己也應當有所收穫。

林玉龍聞得袁、蕭二人位親兄妹，對任飛燕怒道：「你說的才是廢話。」修訂版加入一句：「你是我老婆，我卻寧可你是我妹子。」

「夫妻刀法」威不可當，來襲的敵人已紛紛奪門而逃。修訂版：只是這路刀法卻有一椿特異之處，傷人甚易，殺人卻是極難，敵人身上中刀的所在全非要害，想是當年創制這路刀法的夫妻雙俠心地仁善，不願傷人性命，因此每一招極厲害的刀法之中，都為敵人留下了餘地。本書主旨在「鴛鴦刀」，並非「夫妻刀法」，沒有必要解釋如此詳細，因此新修版予以刪除。

蕭半和與大家回顧往事，修訂版加入一段：蕭半和一拍大腿道：「老蕭是太監，羡慕大明三寶太監鄭和遠征異域，宣揚我中華的德威，因此上將名字改為『半和』，意思說盼望有鄭和的一半英雄，嘿嘿，那是老蕭的痴心妄想。這些年來，倒也太平無事，那知鴛鴦刀出世，老蕭一心要奪回寶刀，以慰二位英雄之靈，沒再小心掩飾行藏，終於給清廷識破了真相。」

修訂後通過蕭半和的言語解釋了其名字的由來。同時，連載版還留下個小漏洞，即蕭半和一直隱姓埋名，掩藏行踪，但是如此小心謹慎的一個人，為何後來沒再細心掩飾自己的行藏，還一心要奪回寶刀，而最終被清廷識破真相。修訂版彌補了連載版中的這個漏洞，解釋了被清廷識破真相的原因，原來由於「仁者無敵」鴛鴦刀的出世，使蕭半和產生了劫刀反滿的想法，一心要奪回寶刀，反滿復漢，以慰二位英雄在天之靈，因此其行踪給清廷識破真相。

「太岳四俠」老二常長風的綽號，連載版是「單掌破碑」，修訂版改為「雙掌開碑」。

「太岳四俠「中的蓋一鳴，在連載版排行「老三」，修訂版改為排行「老四」。

書中女主角蕭中慧的年齡，連載版是「二十歲」，修訂版改為「十八歲」。

周威信表面上保鏢的數量，連載版是「二十萬兩銀子」，修訂版改為「十萬兩銀子」。

回憶林任夫婦事迹，連載版是「四年之前」，修訂版改為「三年之前」。

從弱化武俠要素到深化情感主題
——《白馬嘯西風》連載版與修訂版評析

《白馬嘯西風》是金庸創作的一部中篇小說，一九六一年十月在《明報》開始與《倚天屠龍記》同時連載，安排在另一副刊版面，到十一月結束，之後由香港鄺拾記報局結集成書發行。儘管金庸稱《碧血劍》是其改動最多的作品，修訂版「增加了五分之二的篇幅」，但從修改的情節、篇幅佔據全書的比重看，《白馬嘯西風》應當是金庸改動最大的作品。對於該部作品，金庸好友倪匡在《我看金庸小說》中說：「《白馬嘯西風》是金庸作品中兩個短篇之一，是專為電影創作的故事。初次發表和修改之後，有極大的差異，是金庸修改得最多的一篇作品。《白馬》在未修改之前，不通，修改之後，通了。」金庸在該書的全新修訂版《後記》裏說：「這篇小說當時是為了拍攝電影而寫，寫好後自己很不滿意，朋友間的批評也極差。這次重新改寫過，刪去四萬餘字，新作二萬餘字，雖仍不感滿意，但已無能為力，或許過得十年，再來改寫一次吧。」

可見《白馬嘯西風》改動幅度之大。作為一部中篇小說，無論是情節結構的緊湊精妙，故事懸念的曲折深幽，還是人物性格的豐滿鮮明，主題意蘊的深厚豐富，這部《白馬嘯西風》在金庸作品中都不算是上乘之作，因此讀者一般對該書不甚關注，往往忽略了主要情節及人物情感的描寫，而且對修訂部分似乎不太留意，許多讀者甚至認為該書「幾乎沒有進行過大的修訂」。如果細細品讀連載版與修訂版就會驚奇地發現，全書從故事情節發展的一半開始，作者進行了大幅度的修訂，甚至可以說修訂得面目全非，大有將整部作品推倒重建之勢，無論是故事情節、書中人物，還是全書的主題思想都發生了巨大變化，不得不贊嘆金庸對自己作品修訂的用心程度。結合《白馬嘯西風》故事發展的前後順序，從回目與名稱、李文秀初遇計老人、李文秀與蘇普情感、李文秀與華輝相識、大風雪之夜、迷宮尋寶及結局部分共七個方面，將連載版與修訂版之間的主要差異進行比較評析。

一、回目與名稱的修訂

《白馬嘯西風》連載版與修訂版的首要差異在於，當年為了在報刊上每日連載的需要，連載版共分為九個回目，分別是：第一回「大漠駿馬」，第二回「草原上的夜鶯」，第三回「哈布迷宮」，第四回「星月爭輝」，第五回「大風雪之夜」，第六回「高昌古國」，第七回「陰謀」，

第八回「小玉鐲」，第九回「師父和瘋子」。由於《白馬嘯西風》畢竟是一部中篇小說，篇幅不長，字數較少，沒有必要拆分情節分成若干回，因此修訂版將原回目全部刪除，使全書一氣呵成為一個整體。

與連載版相比，該書修訂版還有一些人物、動物、地點等名稱、稱謂的改動及增刪，例如，修訂版中的陳達海，在連載版中叫陳達玄；修訂版中的丁同，在連載版中叫董容；修訂版中的天鈴鳥，在連載版中叫夜鶯；修訂版中的高昌迷宮，在連載版中叫哈布迷宮。修訂版結合故事情節發展的需要，也增刪了一些內容，例如，在連載版裏蘇魯克年輕時殺死一頭猛虎，修訂版改為殺死一頭大豹；連載版裏沒有提及車爾庫的妻子，修訂版加入車爾庫的妻子雅麗仙；連載版中的華輝是漢人，修訂版將華輝改為哈薩克人瓦耳拉奇。另外，連載版中提到的鄭九恩、瘋子等與寶藏有直接關係的人物，由於修改後不存在真實的寶藏而在修訂版裏全部刪除。

二、李文秀初遇計老人的修訂

計老人是書中的重要配角，也是李文秀兒時逃避追殺遇到的救星，對於二人初次邂逅，作者在一些故事情節上進行了修訂完善，修訂後更符合情理。

丁同（董容）追李文秀到哈薩克人住的地方，連載版中，董容看到哈薩克人帳篷「密密層層的約有二三千個之多」；修訂版中，丁同（董容）看到「遍野都是牛羊，極西處搭著一個個帳篷，密密層層的竟有六七百個」。對於一個人口稀少的遷移部族來說，「二三千個帳篷」顯然人數有些過多，不符合實際，因此修訂版在帳篷數量上做了改動。

丁同（董容）與計老人說「便是在下一人在此」之後，連載版說：

計老人道：「尊駕是鏢局子的達官爺吧？」董容心中一驚：「這老人的眼光好厲害，我額頭上又沒寫明保鏢的。」他本想隱瞞身份，但被計老人一語道破，只得答道：「正是，老爺子何以知道？」計老人淡淡地道：「保鏢的鏢師多半賊頭賊腦，總是這麼一副長相。」董容給他說得滿臉通紅，心道：「我這時且不發作，摸清了這老不死的底細再說。」……計老人道：「你們是失了鏢銀吧？」董容道：「銀子是不多，只是晉源鏢局這個大名卻丟不起，好在已經全找回來啦。」計老人點頭道：「嗯，是晉源鏢局，呂梁三傑也來了嗎？」董容心中大是奇怪：「這個辟處回疆的駝背老人，怎地知道呂梁三傑的名頭？莫非他也是武林中人？」

修訂版刪除了這段話。計老人本來就是為了逃避仇殺而在回疆隱居，實在沒有必要為了李文秀這樣一個素不相識的人而出頭，而且還以一個老江湖的眼光將對方敵人分析得過於透徹直接，這樣，一方面自己的真實身份有可能因話多而暴露，另一方面也容易造成對方對自己的仇恨，從而引起不必要的殺身之禍，因此修訂版刪除這一大段話，只用一句話概括：計老人哼了一聲，似是不信。修改後更符合情理。

敘述豪客沖進綠洲大肆擄掠的原因是，這一帶素來沒有匪盜，哈薩克人雖然勇武善戰，但事先絕無準備。修訂版加入：族中精壯男子又剛好大舉在北邊獵殺危害牛羊的狼群，在帳篷中留守的都是老弱婦孺。從前文敘述的帳篷數量看，哈薩克男人數量應當不少，完全可以抵抗幾十個中原豪客，但他們對於匪盜擄掠為什麼連基本的抵抗都沒有而任人宰割，修訂版彌補了這個小漏洞，解釋了族部之所以被漢人強盜大肆擄掠而沒有準備，是因為族中精裝男子在北邊獵殺狼群，這樣就增加了情節的合理性。

哈薩克人詛咒漢人，連載版是：「天不保佑的強盜漢人」；修訂版是：「真主降罰的強盜漢人。」修訂後的咒語賦予了哈薩克民族特色。

計老人介紹天鈴鳥時，修訂版加入：這鳥兒只在晚上唱歌，白天睡覺。有人說，這是天上的星星掉下來之後變的。修訂後進一步賦予天鈴鳥動人的傳說。

李文秀聽了草原上的傳說後迷惘地道：「她最美麗，又最會唱歌，為什麼不愛她了？」連載版中：計老人聽了她這句話，突然間又是臉色大變，大聲說道：「她這樣美麗，為什麼不愛她了？」」這幾句話說得甚是突兀，又將李文秀嚇了一跳。前文中並沒有提過計老人的個人情感問題，而李文秀此時還只是個未滿十歲小孩，即使後來計老人（馬家駿）暗自喜歡上李文秀，也應當是等她長大成人之後，此處計老人的話語顯得突兀不合時宜，因此修訂版刪除了這段。

計老人和李文秀與哈薩克人平靜地過日子，修訂版加入：

計老人會釀又香又烈的美酒，哈薩克的男人就最愛喝又香又烈的美酒。計老人會醫牛羊馬匹的疾病，哈薩克人治不好的牲口，往往就給他治好了。牛羊馬匹是哈薩克人的性命，他們雖然不喜歡漢人，卻也少他不得，只好用牛羊來換他又香又烈的美酒，請了他去給牲口治病。哈薩克人的帳篷在草原上東西南北的遷移。計老人有時跟著他們遷移，有時就留在棚屋之中，等著他們回來。

修訂後補充了兩個重要內容，一方面，解釋了為什麼哈薩克人不喜歡漢人，但身為漢人的計老人卻能同他們和睦相處的原因；另一方面，描寫了哈薩克族人的民俗習性，增添了文章的藝術性和知識性。

三、李文秀與蘇普情感的修訂

李文秀與蘇普的情感發展是全書的一條重要綫索，也是全書要反映的重要主題思想，作者通過修訂二人情感的發展過程，一方面增添了傷感情調，另一方面反映了李文秀對蘇普的矛盾情感。

蘇普與李文秀在一起時，他從腰間拔出一柄短刀，連載版：蘇普說：「上個月，我用這把刀殺死了一頭狼。」修訂版改為：「上個月，我用這把刀砍傷了一頭狼，差點兒就砍死了，可惜給逃走了。」修訂版將蘇普首次殺狼的期限延後至與李文秀再次在一起的時候。殺狼對於哈薩克男人是最勇敢的舉動，將蘇普首次殺狼的情節同李文秀結合在一起，一方面，表現了蘇普在李文秀面前的英勇，另一方面，通過蘇普殺狼行為保護李文秀，使得李文秀深深喜歡著蘇普，但蘇普後來離開李文秀，為後文二人不能在一起更增添了傷感情調。

李文秀聽見蘇魯克鞭打蘇普時，修訂版加入幾段心理感受：

但對於李文秀，她爹爹媽媽從小連重話也不對她說一句，只要臉上少了一絲笑容，少了一些愛撫，那便是痛苦的懲罰了。「蘇普的爹爹一定恨極了我，自己親生的兒子都打得這麼凶狠，會不會打死了她呢？」

……

「他打得這樣狠，一定永遠不愛蘇普了。他沒有兒子了，蘇普也沒有爹爹了。都是我不好，都是我這個真主降罰的漢人姑娘不好。」

……

「如果我要了這張狼皮，蘇普會給他爹爹打死的。只有哈薩克的女孩子，他們伊斯蘭的女孩子才能要了這張大狼皮。哈薩克那許多女孩子中，哪一個最美麗？我很喜歡這張狼皮，是蘇普打死的狼，他為了救我才不顧自己姓名去打死的狼。蘇普送給了我，可是……可是他爹爹要打死他的……」

修訂版加入幾段李文秀的心理感受，進一步反映了李文秀對蘇普的矛盾情感，也同全書的傷感基調相得益彰。

描寫漢人強盜十年生活時，修訂版加入：

這十年之中，大家永遠不停的在找這小女孩，草原千里，卻往哪裏找去？只怕這小女孩早死了，骨頭也化了灰，但在草原上做強盜，自由自在，可比在中原走鏢逍遙快活得多，又何必回中原去？有時候，大家談到高昌迷宮中的珍寶，談到白馬李三的女兒。這小姑娘就算不死，也長大得認不出了，只有那匹馬才不會變。這樣高大的全身雪白的白馬甚是稀有，老遠一見就認出來了。但如白馬也死了呢？馬匹的壽命可比人短得多。時候一天天過去，誰都早不存了指望。哪知道突然之間，見到了這匹白馬。那沒錯，正是這匹白馬。

漢人強盜為何要遠離家鄉，情願在草原苦寒之地能夠生活十年，連載版沒有解釋說明，修訂版加入這段情節描寫，解釋了漢人強盜能夠在苦寒之地生存十年的原因是「在草原上做強盜自由自在」，這樣就有比較合理的解釋了。

四、李文秀與華輝相識的修訂

哈薩克人瓦耳拉奇（華輝）是引領李文秀成長的重要人物，也是傳授李文秀武藝的師父，作者對於二人在一起相處的部分情節進行了修訂。

連載版中，李文秀初見華輝時是個「五十來歲的中年書生」。修訂版改為：哪知眼前這人卻是個老翁，身形瘦弱……身上穿的是漢人裝束，衣帽都已破爛不堪。但他頭髮捲曲，卻又不大像漢人。華輝在連載版中是漢人，修訂版改為哈薩克人瓦耳拉奇，因此「頭髮捲曲，卻又不大像漢人」，為後文揭示華輝的真實人物身份埋下伏筆。

李文秀與華輝被漢人強盜追趕時，修訂版加入：李文秀心想：「橫豎我已決心和這五個惡賊同歸於盡，就讓這位伯伯獨自逃生吧。」當即躍下地來，在馬臀上一拍，叫道：「白馬，白馬！快帶了伯伯先逃！」老人一怔，沒料到她心地如此仁善，竟會叫自己獨自逃開。修訂版增加了李文秀心地善良仁慈的言行舉止，因而贏得了華輝的信任，進一步塑造李文秀的形象。

華輝說受十二年毒針的痛苦時，修訂版加入李文秀心理活動：李文秀胸口一震，這句話勾起了她得心事。十年前倘若跟著爹爹媽媽一起死在強人手中，後來也少受許多苦楚。然而這十年之中，都是苦楚嗎？不，也有過快活的時候。十七八歲的年輕姑娘，雖然寂寞傷心，花一般的年月之中，總是有不少的歡笑和甜蜜。修訂版刻畫了李文秀十年來痛苦與幸福相伴的矛盾心情。

李文秀拜華輝為師，連載版說：李文秀福至心靈，跪下來拜了幾拜，說道：「弟子補行拜師之禮。」後來又道：「自此能常得師父教誨，可不是天大的福氣？」修訂版改為：華輝道：「你不想拜我為師嗎？」李文秀實在不想拜什麼師父，不由得遲遲不答，但見他臉色極是失望，到後來更似頗為傷心，甚感不忍，於是跪下來拜了幾拜，叫道：「師父。」後來心想，「學不學武功，那也罷了。不過多了個師父，總是多了一個不會害我、肯來理睬我的人。」李文秀本就不好學武，與華輝拜師學武完全是在特殊環境下不得已去做的，本書修訂版以李文秀的感情變化為主要綫索，而武功、寶藏這些武俠小說因素都放到了次要位置，因此修訂版將拜師由連載版的主動變為被動，比較符合情理。

李文秀殺死五個強盜後，連載版說：臉現凄慘之色，當華輝問教得招數管用嗎，李文秀道：「就可惜徒弟使得不好。」修訂版改為：李文秀怔怔的望著兩具屍體，忍不住便哭了出來，華輝問為什麼哭，李文秀嗚咽道：「我……我又殺了人。」李文秀害怕殺人，與之前不願主動拜師學武相對應，修訂後更反映了她心地善良的性格。

對於華輝的才能，連載版說：華輝僻處回疆十二年，他本是學文不就，轉而學武，對詞章之學向來甚感興味，雖在荒漠，仍作書生打扮。連載版中的華輝既然「學文不就」，為何「對詞章之學向來甚感興味」，顯然前後矛盾，因此修訂版將華輝的才能改為「文武全才」。

李文秀和華輝學武時間，連載版是「三年」，修訂版沒有那麼長時間，改為「兩年」，增加一段心理活動：

但李文秀卻一點也不想回到中原去，在江湖上幹什麼「揚名立萬」的事，但要報父母的大仇，要免得再遇上強人時受他們傷害，武功卻非練好不可。在她內心深處，另有一個念頭在激勵：「學好了武功。我能把蘇普搶回來。」只不過這個念頭從來不敢多想，每次想到，自己就會滿臉通紅。她雖不敢多想，這念頭卻深深藏在心底。

修訂版增加的一段，解釋了李文秀練好武功的目的，並不是要在江湖上「揚名立萬」，而是為了「免得再遇上強人時受他們傷害」，更重要的是「能把蘇普搶回來」，修訂版弱化了武功在全書的位置，強化了情感綫索，使本書看起來並不像是一部武俠小說，倒更像是一部言情小說。

五、「大風雪之夜」的重要修訂

從「大風雪之夜」開始，全書情節發展開始出現重大變動。

李文秀走進廳堂，連載版說：阿曼見李文秀是個青年女子，含笑道：「姐姐，咱們也是來躲風雪的，請過來一起烤火吧。」隨後李文秀坐到阿曼身旁，蘇普也含笑向她打招呼。修訂版改為，蘇普先向李文秀打招呼，李文秀坐到了蘇普身旁，之後阿曼含笑也向李文秀打招呼。

連載版中，陳達玄和啞巴（華輝）兩人到計老人家躲避風雪：

便在這時，另一騎馬也到了門外。這一次敲門的聲音很輕，怯生生地，似乎生怕得罪了主人。計老人去開了門讓他進來，只見這人冷得瑟瑟發抖，一塊極大的羊毛圍巾圍著大半邊臉，帽唇壓得低低的，只露出了兩隻眼睛。他「啊，啊，啊」的發了幾聲，打了兩個手勢，原來是個啞巴。計老人也打個手勢，請他坐下，拿了一碗酒給他。那啞巴連連鞠躬致謝，卻搖手示意，不要喝酒。

這啞巴在大風雪中凍得很冷，雖是坐在火邊，仍是將衣服和圍巾裹得緊緊的，縮成了一團。李文秀見他神情可憐，道：「你喝些熱酒，便好得多。」那啞巴「啊」了兩聲，似乎不懂她的說話。計老人道：「凡是啞巴，都是聾子，他聽不見你的說話。」李文秀笑道：「啊，我忘了。」

修訂版刪除這段並改為，只有陳達海一人到計老人家躲避風雪，而華輝則躲在屋子外，之後獨自跟隨逃跑的陳達海進入高昌迷宮。也就是說，修訂版只將陳達海一人作為「大風雪之夜」見證計老人家發生所有事情的反派人物，並由他牽動著整段故事情節的發展，而華輝由於並不在計老人家中，因此沒有參與屋內發生的事情。

敘述陳達玄在計老人家裏搶高昌（哈布）迷宮地圖的情節，連載版說，計老人出手比陳達玄快，甩出匕首釘在他右手背並插入桌面，同時搶過長刀抵住他的咽喉，李文秀和屋裏其他人誰也沒有想到計老人有這麼厲害的武功。隨後，計老人從陳達玄身上拔出金銀小劍交還給李文秀，並讓李文秀將陳達玄捆綁，但李文秀看到寶劍懷念父母而沒有聽到，後由蘇普將陳達玄捆綁。計老人向蘇普借手帕看時，陳達玄企圖從中挑撥離間，計老人又向陳達玄甩出匕首，試圖殺他，但被李文秀擲出金柄小劍擋住。之後，陳達玄當著眾人面前說出了哈布迷宮的秘密，指出當時迷宮中確有寶物存在，並由一個瘋子在洛陽鄭九恩八十壽宴上透露寶藏秘密，壽宴後，鄭九恩被殺，而瘋子失踪，參加壽宴的人皆以為是瘋子所做。這時，蘇魯克和車爾庫來尋各自兒女，二人打起架來，眾人紛紛到屋外看二人在打架，陳達玄卻乘機燒斷繩子逃走，並帶走了迷宮的地圖，同時屋裏的啞巴（華輝）也不知去向，眾人一起追踪陳達玄。

對於上述這段情節，修訂版改為，李文秀、蘇普、阿曼及陳達海先後到計老人家後，首先敘述蘇魯克和車爾庫尋找各自兒女而在雪地打架，隨後二人一起進屋，陳達海刺傷二人並制服屋內所有人。當他企圖劍砍蘇魯克時，李文秀擲出茶碗保護了蘇普，之後李文秀在眾人面前承認自己是漢人，並以空手對付陳達海，雙手抓住他腰間的金銀小劍，同時插入他左右肩窩，制服了陳達海。打勝後眾人歡呼，但計老人看到李文秀的武功後卻非常恐懼。隨後，李文秀假裝要帶走情敵阿曼，當眾人都注視著李文秀和阿曼二人時，陳達海卻乘機從後門逃走。由於風雪很大，眾人當晚並沒有追趕。回屋後，蘇魯克由於被身為漢人的李文秀所救，對其產生好感，改變了「漢人是壞人」的看法。

兩個版本對於上述情節的主要差異：

一是陳達海被制服的情節。連載版是由計老人顯露武功並制服了陳達海，而李文秀只是在計老人試圖殺陳達海時出手保護了陳達海；修訂版改為，計老人並未顯露武功，由李文秀出手制服了陳達海，而且計老人看到李文秀的武功後莫名其妙的感到恐懼，為後文情節作鋪墊。

二是手帕上迷宮地圖的情節。連載版由陳達海說出哈布迷宮寶藏的秘密，指出當時迷宮中確有寶物存在，還牽扯出鄭九恩、瘋子等與寶藏有關人物，而修訂版改為，陳達海只是認出了手帕上的迷宮地圖，但對於具體的寶藏秘密並不知道。

三是陳達海逃走的情節。連載版說，由於眾人到屋外看蘇魯克和車爾庫打架，在屋內的陳達玄卻乘機燒斷繩子逃走；修訂版改為，眾人在屋裏都注視著李文秀和阿曼二人，而陳達海卻乘機從後門逃走。

捉拿陳達海的隊伍組成，連載版中，追踪一行人的組成是蘇魯克、蘇普、車爾庫、阿曼、李文秀和計老人，共六個人；修訂版中，為了捉拿陳達海並殲滅漢人強盜，蘇魯克和車爾庫召集族人組成追踪隊，第一批有三百多人，另外還有第二、第三批陸續追來，其中先鋒隊由七人組成，分別是蘇魯克、車爾庫、車爾庫兩個弟子桑斯兒和「駱駝」，加上李文秀、阿曼和蘇普，計老人則由於害怕恐懼而沒有跟著去。

眾人在沙漠追踪陳達海時，蘇魯克和車爾庫在爭吵了一路，眾人講戈壁惡鬼的故事，並且兜圈子迷了路，除此之外，連載版的主要情節，計老人在黑夜中獨自走了，李文秀到山洞想找華輝幫助，卻不見華輝人影，之後順著腳印找到了哈布迷宮。修訂版中，加入了蘇普和李文秀在路上的幾段情感對話，細緻的體現了二人情誼，繼續深化著全書的情感主題。

六、迷宮尋寶的重大改動

眾人進入高昌（哈布）迷宮後，對於迷宮中的寶藏，各版本敘述不同。

連載版：

只見裏面是一間殿堂模樣，四壁供奉著神像，有的黃塑，有的玉鵰，神像的眼珠或是寶石，或是翡翠，閃閃發光。五個人見到這等神像，都驚得呆了，從這殿堂進去，連綿不斷竟都是一列房舍。每一間房中大都供有神像。單是一座小殿中的珍寶便是難計其數。偶然在壁上見到幾個漢文，寫的是「高昌國國王」，「文泰」，「大唐貞觀十三年」等等字樣。

連載版詳細記敘了高昌與大唐之間的衝突，並說的確有大量寶藏埋入哈布迷宮，而且眾人在迷宮裏確實發現了大堆金銀珠寶。

修訂版改為：

只見裏面是一間殿堂，四壁供的都是泥塑木鵰的佛像，從這殿堂進去，連綿不斷的是一列房舍。每一間房中大都供有佛像。偶然在壁上見到幾個漢文，寫的是「高昌國國王」、「文泰」、「大唐貞觀十三年」等等字樣。有一座殿堂中供的都是漢人塑像，中間一個老人，匾上寫的是「大成至聖先師孔子位」，左右各有數十人，寫著「顏回」、「子路」、「子貢」、「子夏」、「子張」等名字。蘇魯克一見到這許多漢人塑像，眉頭一皺，轉頭便走。

李文秀心想：「這裏的人都信回教，怎麼迷宮裏供的既有佛像，又有漢人？壁上寫的又都是漢字，真是奇怪之極。」

七人過了一室，又是一室，只見大半宮室已然毀圮，有些殿堂中堆滿了黃沙，連門戶也有堵塞的。迷宮中的道路本已異常繁複曲折，再加上牆倒沙阻，更是令人暈頭轉向。有時通道上出現幾具白骨骷髏，宮中的器物用具卻都不是回疆所有，李文秀依稀記得，這些都是中土漢人的物事。只把各人看得眼花繚亂，稱異不止。但傳說中的什麼金銀珠寶卻半件也沒有。

修訂版說在迷宮裏什麼傳說中的金銀珠寶半件也沒有，只有唐太宗賞賜大量的書籍、文物、用具、佛像等中土漢人常用的器物用具。如前所述，本書修訂後的重點是李文秀的情感，武功、寶藏之類的傳統武俠要素變得不再重要，而且迷宮裏不是珍寶而是中土漢人常用的器物用具，也賦予一定的寓意，即漢人文化的傳承要比金銀珠寶更為重要，也更有意義。

眾人迷宮中遇見「惡鬼」的情節及華輝、馬家駿等人的結局，連載版和修訂版的內容差距也較大，甚至可以說是面目全非。

連載版中，在黑暗的迷宮裏，眾人誤以為車爾庫誤殺蘇魯克，而蘇普被阿曼誤會殺死車爾庫，為此蘇普還受到了族裏嚴厲的懲罰，但由於幫助族裏找到寶藏而免於死罪，被逐出族部。之後，蘇普獨自一人再入迷宮，尋找二人死亡真相，在迷宮裏看到霍元龍等漢人強盜，同時也遇到了李文秀。二人回族裏告訴族長，率領族人再入迷宮對抗漢人強盜，搬運了大批寶藏，為族裏立下功勞。回到族裏，為爭奪阿曼，族裏舉辦了賽馬、鬥箭、刁羊等比賽，李文秀女扮男裝打敗了蘇普的強勁對手桑斯兒，成全了蘇普和阿曼的婚事。隨後迷宮裏的鬼怪出現，害死族裏許多人，並且擄走了阿曼。眾人追到迷宮裏，發現原來是計老人（馬家駿）裝扮的鬼怪。這時華輝和瘋子同時出現，事情真相大白，原來是華輝當年晚上殺死了鄭九恩，嫁禍於瘋子，隨後帶弟子馬家駿和瘋子到了回疆尋寶。後來，在迷宮裏華輝殺死瘋子，與馬家駿同歸於盡。

修訂版刪除這些綫索繁雜的內容，重新進行了修訂，這是本書情節改動最大的地方。修訂版裏，追踪陳達海的眾人到迷宮後，鬼怪直接出現，還在迷宮裏殺死了桑斯兒和「駱駝」，擄走阿曼。原來是華輝扮的鬼怪，華輝原名瓦耳拉齊，也是哈薩克人，被逐出族部，曾喜歡車爾庫的妻子雅麗仙。此時計老人也出現在迷宮裏，原來計老人便是瓦耳拉齊的弟子馬家駿，馬家駿為了躲避師父而躲到回疆。最後瓦耳拉齊和弟子馬家駿同歸於盡，李文秀在瓦耳拉齊臨死前險遭其毒手，只是由於提到阿曼的媽媽雅麗仙才逃過一劫。修訂版顯然比連載版更簡潔精煉，也更符合情理，華輝是哈薩克人瓦耳拉齊，補充敘述了其曾喜歡車爾庫妻子雅麗仙，緊扣主題，瓦耳拉齊和馬家駿是師徒關係，馬家駿為躲避師父而逃到回疆，這也回應了之前為什麼見到李文秀武功就非常害怕的原因。

馬家駿回憶射了師父瓦爾拉齊三枚毒針後想要逃回中原去，但修訂版沒有解釋為什麼沒有回中原，新修版加入了一段解釋：「從前我不敢回中原。我在中原家大族大，我師父一問就找到了我。就算找不到我，他必定會殺了我全家老小。」

修訂版中瓦爾拉齊臨死前跟李文秀說了高昌迷宮的來歷，是他在迷宮裏見到兩塊石碑上刻明建造迷宮的經過。瓦爾拉齊在臨死前還能講這麼一大段話，不符合實際，因此，新修版改為，瓦爾拉齊讓李文秀自己去看碑文，而李文秀在瓦爾拉齊臨死時並未馬上去看，因此中間打斷高昌古國的歷史被移到了後面，李文秀除了迷宮後自己去看碑文。

李文秀聽瓦耳拉齊氣息漸弱，說道：「師父，你歇歇吧，別說了。」修訂版：「這個漢人皇帝也真多事，人家喜歡怎樣過日子，就由他們去，何必勉強？唉，你心裏真正喜歡的，常常得不到。別人硬要給你的，就算好得不得了，我不喜歡，終究不喜歡。」新修版刪除這段，補充了瓦爾拉齊臨死前跟李文秀說起自己和阿曼之母雅麗仙的故事：

瓦耳拉齊輕聲道：「阿秀，師父快死了，師父死了之後，就沒人照顧你了。世界上的人都壞得很，大家只想害你，沒人會真心的待你。你真心待人家好，也沒有用的……你一轉頭，人家就忘了你啦。」李文秀道：「師父，有時候人家有苦衷的，他爹爹心裏好恨漢人，不許他跟漢人見面，否則就會打死他的。他……他只好聽爹爹的話，其實呢……漢人中有壞人，也有好人。」瓦耳拉齊道：「我又不是漢人，那車爾庫也是哈薩克人，他只不過比我跑得快了些而已……我的鼻子比他高，相貌好得多了，可是雅麗仙的爹，卻說車爾庫家裏的牛羊比我家多，要雅麗仙嫁他。從此以後，雅麗仙就不睬我了。我在她帳篷外唱歌，她爹和她媽，還有她自己，三個人一起大聲罵我……」他說到這裏，眼淚一滴滴的落在衣襟上。李文秀也聽得心中酸楚。

七、關於結局部分的修訂

由於全書修訂時的主題發生了變化，所以作者在修訂故事情節時始終緊扣情感這一主題，故事結局也為凸顯主題而進行了修訂。

李文秀與哈薩克人分別時，修訂版加入：哈薩克族部長老哈卜拉姆解釋《可蘭經》，但有一件事是不能解答的，連《可蘭經》也沒有答案：如果你深深愛著的人，卻深深的愛上了別人，有什麼法子？修訂版借用長老解釋《可蘭經》概括了全書的情感主題。

全書結尾，連載版說：白馬的駿足帶著她一步步的回到中原。那可是一個比迷宮凶險百倍，難走百倍的地方……修訂版說：白馬帶著她一步步的回到中原。白馬已經老了，只能慢慢的走，但終是能回到中原的。江南有楊柳、桃花，有燕子、金魚……漢人中有的是英俊勇武的少年，倜儻風流的少年……但這個美麗的姑娘就像古高昌國人那樣固執：「那都是很好很好的，可是我偏不喜歡。」

結尾的修改緊扣全書主題，連載版突出武俠小說的「江湖凶險」，修訂版則賦予了更多言情小說的「傷感憂鬱」。

綜上，《白馬嘯西風》的連載版以迷宮寶藏和江湖凶險為重點，風格更偏於傳統的武俠小說。或許在金庸其他的作品裏，涉及這方面的內容已經過多，而且這些也是中國傳統武俠小說的要素，因此為了有所創新改變，修訂版刪除了真實寶藏的內容，削弱了江湖傳奇的情節，改為以李文秀的情感為重點，使全書的傷感情調大大增加，淡化了武功、寶藏這些武俠小說的傳統因素，而著重描寫了人與人之間的愛情、友情、親情等各種情感，所以反倒不像是一部武俠小說，而更像是一部傷感憂鬱的言情小說，雖然改動幅度較大，但確實令人信服，難怪倪匡說「在未修改之前不通，修改之後通了」。

「素心劍」到「連城訣」書名的改變
——《連城訣》連載版與修訂版評析

從一九六四年一月十二日起，金庸的《素心劍》（後來改名為《連城訣》）在每逢周日隨《明報》贈送的《東南亞周刊》上連載。《連城訣》三個版本變化差異不大，是金庸改動最少的作品之一。

先簡要分析新修版修訂的主要內容，新修版彌補了前兩個版本的一個漏洞，即梁元帝苦心經營的寶藏如何被後人發現，並且詳細介紹了大寶藏與吳六奇的關係：原來六朝梁元帝的寶藏，後來是被一個高僧發現的。高僧把寶藏所在地編成密碼寫入了《唐詩選籍》，並想將其送給吳六奇作為反抗清廷的經費。這就使得只有會「唐詩劍法」的高僧、吳六奇、梅念笙三人才能破解密碼，可惜吳六奇過早的被歸辛樹誤殺了，選輯也因此落入梅念笙手中，這也間接點明了吳六奇與梅念笙之間的關係。

新修版還增加了戚長發說出如何在師兄弟三人相互嚴密監視下，仍在客棧中盜走連城劍譜的過程。小空心菜的一段話，加深了水笙渴望見到狄雲的強烈願望。結尾處，狄雲上雪山碰到的水筆，對其說了些情意綿綿的話。新修版還將連城訣中「西藏」血刀門改為「青海黑教」血刀門。修訂版與連載版比較，最主要的改動是書名和回目，連載版書名《素心劍》，修訂版書名改為《連城訣》，這是金庸小說中唯一一部改動了書名的作品，因此連載版裏的「素心劍譜」，在修訂版裏改為「連城劍譜」。另外，連載版十二個部分用的是兩句七字對稱回目，而修訂版全部改為白話題目。以下從《東南亞周刊》連載情況、有關狄雲、丁典情節修訂、戚長發師兄弟綫索安排及各回其他情節修訂共四個方面對連載版與修訂版之間差異進行比較評析。

一、《東南亞周刊》連載《素心劍》簡析

為增加銷量，《明報》效仿新加坡《星島日報》的做法，策劃逢星期日加送一份彩色大型畫報，沈寶新找到馬來西亞的《南洋商報》合作發行，取名《東南亞周刊》。《東南亞周刊》於一九六四年一月十二日正式創刊（書刊形式），發刊詞由金庸撰寫，由世紀出版有限公司出版，在香港和東南亞各地一起發行。金庸擔任總編輯，大十六開，畫報連封面共十六頁，彩色精印。內容以報道香港社會活動、兩地娛樂新聞和知識性新聞，以及介紹東南亞風光名勝為主，最重要

的當然是連載金庸的武俠小說。

創刊號連載金庸創作的第十一部小說《素心劍》，後來修訂時更名為《連城訣》。大約一年後，畫報改為單張封摺印刷，為一份四開小報（報章形式），出紙一張，共四版，封面彩色印刷，再出版一年後更名為《明報星期畫刊》，至一九六八年十一月由《明報周刊》取代，出版至今。《素心劍》自一九六四年一月十二日起在《東南亞周刊》創刊號上連載，「香港版」連載至一九六五年三月七日結束，共連載五十八期，為期一年有餘，每期兩個版面，配三幅雲君插圖。為方便讀者閱讀，每期《素心劍》開頭部分為《前文提要》，每期均配有一個小標題。

第一期《萬震山荊州開壽筵》，第二期《戇狄雲惜衣鬥強敵》，第三期《倔強男兒不低頭》，第四期《柔情脉脉補衣衫》，第五期《說舊事同門成仇》，第六期《世間風波惡》，第七期《長夜漫漫何時旦?》，第八期《月圓之夜》，第九期《神照經》，第十期《恍然大悟，疑雲重重》，第十一期《春風薔薇漸鵰殘》，第十二期《小樓春寂寞》，第十三期《江畔月夜的惡鬥》，第十四期《竹簾後的眼波》，第十五期《永遠不想見》，第十六期《生死只在一綫間》，第十七期《空心菜，空心菜!》，第十八期《柴房鬥劍》，第十九期《滔滔江水一小舟》，第二十期《夜雨土地廟》，第廿一期《重友情，拔鬚拔髮》，第廿二期《老鼠湯》，第廿三期《江邊奪鯉》，第廿四期《鈴劍雙俠，風姿英秀》，第廿五期《血刀惡僧》，第廿六期《血刀老祖》，第廿七期《落花流水》，第廿八期《鼻尖上的一根頭髮》，第廿九期《萬里追踪》，第三十期《大雪崩》，第卅一期《懸崖上的一槍》，第卅二期《雪底怪鬥》，第卅三期《雪阱奇禍》，第卅四期《發善心，狄雲殺水岱》，第卅五期《不動的劇鬥》，第卅六期《練成了神照功》，第卅七期《大俠和惡僧》，第卅八期《狂呼怒號》，第卅九期《花鐵幹再度來攻》，第四十期《春暖雪融》，第四一期《不白之冤》，第四二期《不顧凶險挺身而出》，第四三期《華廈中的土坑》，第四四期《萬門師弟下湘西》，第四五期《同門破臉》，第四六期《無用的花招》，第四七期《毒蝎解藥》，第四八期《敬你三杯酒》，第四九期《鬼蜮心腸》，第五十期《思郎淚》，第五一期《小女孩的游戲》，第五二期《對付戚長發的老法子》，第五三期《學人口音》，第五四期《化蝶》，第五五期《吴坎和戚長發》，第五六期《百夜夫妻海樣深》，第五七期《膜拜祝告往生極樂》，第五八期《素心劍譜的秘密》。

二、有關狄雲情節的修訂

狄雲是全書的頭號男主角，或許金庸在連載版塑造的這個人物形象已經比較完整了，因此相對於連載版，修訂版有關狄雲的情節沒有大的改變，只在一些地方進行了細微的修訂，從而不斷完善狄雲憨直俠義的形象。

在第一回中，連載版裏，戚芳沒有給狄雲取綽號。修訂版中，「空心菜」是戚芳給狄雲取的綽號，笑他直肚直腸，沒半點心機。空心菜多產於湖南，修訂版裏戚芳叫狄雲「空心菜」，既體現湖南多產空心菜的地域特色，增加了知識性，又為以後戚芳給女兒也起名「空心菜」埋下伏筆，同時也增添了全書最後戚芳被萬圭殺死的傷感基調。

在第二回中，師父戚長發「死」後，狄雲獨自坐在自己房間，連載版說：桌上本有一大瓶白乾，那是昨日萬府家人送來的，他喝了一杯又一杯，但覺唇幹舌燥，頭痛欲裂。前文所述狄雲性情純樸本就不喝酒，而連載版此時描寫喝酒情節，顯然有失其樸實純真的本性，因此修訂版刪除這段。

丁典安慰狄雲時，連載版說：知道只有讓他哭個痛快淋漓，方能稍減悲痛，消除了求死的念頭。狄雲堅毅頑強的性格不應當有求死的念頭，因此修訂版刪除這句。

丁典揭示狄雲入獄真相後，連載版有一段狄雲心理描寫：其實他從幼僻處鄉間，不知江湖上的風波險惡，丁典卻在刀山劍林中躥進躥出，不知經歷過多少艱困，自然是一聽便知道事情的因果，這不關智愚，實是兩人的閱歷不同所致。這段評論通過隨後故事的發展已經逐漸表現，沒有必要單獨作為一段敘議，因此修訂版刪除。

在第三回中，狄雲穿上烏蠶衣時，連載版說：那件黑色襯衣袖子極短，像是一件背心，穿上倒是不難。修訂版改為：那件黑色裏衣其實是前後兩片，腋下用扣子扣起，穿上倒半點不難。後來丁典作了解釋：「你瞧，這只是兩塊料子，剪刀也剪不爛，只得前一塊、後一塊的扣在一起。」狄雲當時的手腳戴著鐐銬，生活極為不便，自己穿上背心顯然不符合情理，而將烏蠶衣改成前後兩片，就符合實際，另外，由於烏蠶衣刀槍不入，說成是兩塊料子拼成也符合實際，因此修訂版作了修改。

在第四回中，狄雲為了救丁典撞入馬大鳴懷裏，連載版說：這般死纏爛拼的打法，居然亦能生效，馬大鳴空有一身絕妙的刀法，被他撞入懷中，竟是施展不出。修訂版刪除。

周圻沒有殺死狄雲，反而自己被殺，連載版說：這烏蠶衣刀劍不損，周圻這一劍只能戳得他胸口疼痛，卻不能穿透烏蠶衣，待得長劍一斷，劍刃的斷口處極是鋒銳，兩截斷劍同時壓入周圻的腹中。修訂版刪除。

狄雲刺萬圭的劍招，連載版沒有，修訂版叫「刺肩式」。

在第五回中，狄雲拔鬍子時的情節，連載版：用手指將滿腮鬍子一根根拔去，若是細心細意，緩緩施為，倒也不致如何疼痛，但狄雲唯恐天明之前沒拔得乾淨，被寶象先行見到，是以心急慌忙的亂拔亂擰，這苦頭可就吃得大了。修訂版刪除。

狄雲拔鬍子的想法，連載版：他究竟年紀甚輕，又是少見世面的鄉下人，因此想出這個笨頭笨腦的怪主意出來，若是換作一個老於江湖的中年人，自不會去幹這等傻事了。修訂版改為：又想：「我這法子真笨，丁大哥的鬼魂定在笑我。可是……可是……他再也不能教我一個巧妙的法子了。」修訂版將狄雲拔鬍子的情節由作者敘述改為主角自己的想法，更貼近人物質樸純真的性格。

描寫狄雲看自己變化後的模樣，連載版：狄雲心想：「現下我不知已變成了怎樣一副模樣？待得天明，先在水潭中照上一照。」修訂版刪除，隔一段後加入：在積水坑中一照，見到自己古怪的模樣，忍不住好笑，但隨即感到一陣說不出的凄苦。修訂版用舉動和感受細緻的描寫了狄雲面貌發生變化後的情景。

寶象叫狄雲燒水，修訂版加入：寶象道：「厨房裏滿是灰塵、蜘蛛網，老佛爺一進去便直打噴嚏。我不瞧著你，你這小癩痢定要逃走。」狄雲道：「我不逃走便是。」增添一絲文趣。

寶象叫狄雲再去捉老鼠時，連載版：狄雲心想：「留得青山在，不怕沒柴燒。我只有暫且留得住性命，方能設法保全丁大哥的遺體，再殺這惡僧為丁大哥報仇。」修訂版刪除。

在第六回中，狄雲坐在懸崖下見到老僧，連載版：心中不由得如十五個吊桶打水，七上八下；修訂版改為：心中不由得怦怦亂跳。

狄雲在血刀老祖和水岱交手時，連載版是「正猶豫間」，修訂版是「當下勒馬相候」。細微改動反映了狄雲狹義心腸。

在第八回中，狄雲等三人想如何挨到明年端午，修訂版加入：只聽得半空中幾聲鷹唳，三人一齊抬起頭來，望著半空中飛舞來去的七八頭兀鷹，均想：「除非像這些老鷹那樣，才能飛出谷去。」從老鷹飛出雪谷的情景反映了狄雲等三人當時被困於山谷內的心情。

花鐵幹未刺傷狄雲，修訂版加入：

花鐵幹卻不知這一槍雖因「烏蠶衣」之阻，沒刺進狄雲的身子，但力道奇大，已戳得他閉住了呼吸，透不過氣來，暈倒在地。若不是他「神照功」已然練成，這一槍便要了他的性命。花鐵幹何等武功，較之當日荊州城中周圻劍刺，雖然同是刺到「烏蠶衣」上，勁力的強弱卻是相去何止倍蓰。

解釋了狄雲之所以擋住花鐵幹的短槍，原因在於烏蠶衣和神照功。

狄雲和水笙在雪谷生存，修訂版加入：雪谷中時有雪雁出沒，能在冰雪中啄食蟲蟻，軀體甚肥，更是狄雲和水笙日常的口中美食。撲捉凶惡的兀鷹畢竟比較困難，因此修訂版增添了雪雁作為食物，更貼近生活實際，也為二人在雪谷中長期生存找到更多合理的理由。

狄雲練《血刀經》，連載版：好比一人學識字，初時「人、手、足、刀、尺」，每識一個字都是頗為艱難，待得一本「康熙字典」全部讀過記得，再讀任何典籍，自是不費吹灰之力了。這段比喻不太恰當，修訂版刪除。

第九回中，狄雲在雪谷中又耽了半個月，修訂版加入：這半個月中，他仍是睡在山洞外的大山上，水笙雖然走了，他還是不敢到山洞裏去睡，自然更不敢去用她的褥子、墊子。細緻化的描寫了狄雲在水笙走後獨自生活的感受。

狄雲出雪谷橫越四川，修訂版加入：四川湘西一帶農民喜以白布纏頭，據說是為諸葛亮服喪的遺風。狄雲也找了一塊污穢的白布纏在頭上。加入白布纏頭的四川民俗風情，使文章更增藝術性和知識性。

狄雲回憶師父所教劍招，修訂版加入一些感受：

「言師伯的武功和師父應該差不多，可是他教了我三招劍法，就比師父高明得多……」「言師伯卻又為什麼教我這三招劍法？他不會存著好心的。是了，他要引起萬師伯的疑心，要萬師伯和我師父鬥將起來……」「卻為什麼連自己的兒子也要欺騙？唉，他不能單教自己兒子，卻不教別的弟子，這一來，西洋鏡立刻就拆穿了。」

通過描寫狄雲的心裏感受，為後來揭露戚長發和言達平師兄弟的陰謀詭計做好鋪墊。

狄雲回想當年遇到老丐的情景，連載版：

狄雲瞧著言達平的臉，心中卻在思索許多遙遠的往事，突然間，他又記起了一件事：那是在卜垣到他家裏來邀請師父到荊州去赴宴的那一日，他與戚芳又在練劍，草堆後忽然有人發笑。師父過去一看，原來是個在曬太陽，捉虱子的老丐。這老丐的容貌是喬裝改扮的，當時師父沒有發覺，其實，就是二師伯言達平。原來他一直在師父的屋子旁邊窺伺，察看著動靜。

如前文所說，修訂版將言達平扮成老丐出現在狄雲練劍場面的情節已經刪除，因此這段狄雲回想當年的情景也一並刪除，同時加入一段狄雲心理：他們會和自己的兒子、女兒有仇麼？故意要坑害自己的徒弟麼？那決計不會。必定另外有更重大的原因，一定有要緊之極的圖謀。難道是為了那本《連城劍譜》？應該是的罷？萬師伯和言師伯為了這劍譜，可以殺死自己的師父，現在又拼命想殺死對方。

狄雲負著言達平上山峰，修訂版加入：他曾與戚芳仰望這座雲圍霧繞的山峰，商量說山上有沒有妖怪神仙。戚芳說：「那一日你待我不好了，我便爬上山去，永遠不下來了。」狄雲說：「好，我也永遠不下來。」戚芳笑道：「空心菜！你肯陪著我永遠不下來，我也不用上去啦。」通過狄雲回憶當年與戚芳的感情，為後來戚芳之死更增悲劇感。

在第十回中，狄雲前往荊州，修訂版加入：這一條路，是當年他隨同師父和師妹曾經走過的。山川仍然是這樣，道路仍然是這樣。當年行走之時，路上滿是戚芳的笑聲。這一次，從麻溪鋪到荊州，他沒有聽到一下笑聲。當然有人笑，不過，他沒有聽見。描寫狄雲在同一條路上的不同感受，樸實情真。

雲給萬圭治病算日子時，連載版：其實狄雲是親眼見到萬圭如何被言達平衣袋中所藏的蝎子所蜇，一算日子，自是說得半點不錯。由於前面已說狄雲屈指算了算日子，因此刪除這句。

狄雲給萬圭治病，連載版：但昨晚聽得戚芳向天禱祝，仍是念念不忘於己，要老天爺保佑自己平安喜樂，早娶賢妻，早生貴子，又說自己拋棄了她，看來她仍是深信自己意欲與萬震山的小妾桃紅偕逃，心灰意懶之下，這才嫁了萬圭。修訂版刪除。

在第十二回中，狄雲打開凌霜華的棺木，修訂版加入：又想：「凌知府發覺丁大哥越獄，知道定會去找他算帳，急忙在棺木外塗上『金波旬花』的劇毒。這人的心腸，可比『金波旬花』還要毒上百倍。」通過狄雲開棺時的心理活動，點明了丁典中毒的真相，揭露了凌退思的狠毒心腸。

狄雲將二人合葬，修訂版加入：最好能找到「春水碧波」的名種綠菊花。二人由於菊花而結緣，用名貴菊花紀念二人更有意義，同時也反映了狄雲的細心。

狄雲無法理解師父所作所為，修訂版加入一段感受：他真不能明白：一個人世上什麼親人都不要，不要師父、師兄弟、徒弟、連親生女兒也不顧，有了價值連城的大寶藏，又有什麼快活？

狄雲離開荊州城之前，修訂版加入：狄雲在丁典和凌姑娘的墳前種了幾百棵菊花。他沒雇人幫忙，全是自己動手。他是莊稼人，鋤地種植的事本是內行。只不過他從前很少種花，種的是辣椒、黃瓜、冬瓜、白菜、茄子、空心菜……既表達了狄雲對丁典和凌姑娘的懷念之情，也點出

「空心菜」——對戚芳已逝的傷感之情。

三、有關丁典情節的修訂

丁典從出場到離世佔全書篇幅較少，但作為書中的重要配角，其對狄雲的成長經歷起到了關鍵作用，為了完善這個人物形象，作者主要對丁典的身世、情感等方面進行了適當修訂，補充了連載版的一些空白之處。

在第二回中，丁典昏迷中呼喚著那個字，連載版裏：似乎是「貓貓』，又似是「毛毛」，一會兒又像是「廟廟」，叫了幾聲「帽帽」。修訂版裏：似乎是「雙花」，又似是「傷懷」。顯然，修訂版為了後來出場的丁典的情人凌霜花而修改。

描寫丁典每逢月圓之後舉動，修訂版加入：那瘋漢只有望著對面高樓窗檻上的鮮花之時，臉上目中，才露出一絲溫柔的神色。修訂版更加注重對丁典舉動和神態的描寫，為後文介紹丁典與凌霜華的動人愛情故事埋下伏筆。

在第三回中，丁典將鐵煉從狄雲身上取下時，連載版裏：狄雲將那段鐵鍊藏在身邊，隨著丁典走出鐵店，但見那鐵匠將他二人遺下的銬鐐匆匆忙忙的投入熔爐，生怕留下痕迹。丁典和狄雲越獄後仍是罪犯裝扮，鐵匠本來害怕二人，在二人剛離開之際就除掉痕迹，應當不符合情理，因此修訂版刪除。

丁典中的劇毒，連載版是「佛座金蓮」，修訂版是「金波旬花」。

丁典給狄雲介紹往事，修訂版加入：後來父母去世，我家財不少，卻也不想結親，只是勤於練武，結交江湖上的朋友。十五年前……連載版是：「十八年前」。修訂版通過丁典回憶往事，解釋了其為什麼一直沒有結親成家的原因。

丁典說到寶藏時，連載版：「我知道一個大秘密，江湖上的人都說，這與一個寶藏有關，他們叫做連城劍訣。」修訂版：「我已推想到，我所知道的的那『連城訣』，便是找尋梁元帝那大寶藏的秘訣。」修訂版直接點明「連城訣」就是找尋梁元帝寶藏的秘訣，主題明確，為後文敘述寶藏埋下伏筆。

在第四回中，丁典要狄雲記住第七字時，連載版：

心想：「天命如此，那還有什麼好說？這素心劍的劍訣，看來是永遠從人間消失了。」但他生性極是強毅，既是決意要將這劍訣傳給底蘊，無論如何要設法辦到，心想若不殺了這三個鷹爪孫，終無餘裕來說這劍訣，像目前這般拆數招，說一個字，不知何時方才說得完，倘若自己再頭暈一下，兩人登時便送了性命。

丁典中毒後正在拼命搏鬥，在危急關頭還產生有如此多的想法似乎不切實際，因此修訂版刪除。

四、有關戚長發師兄弟綫索的安排

戚長發、言達平、萬震山三兄弟是全書的主要反角，也是貫徹全書情節發展的主要人物，但在連載版中，對三人的情節在一些地方存在問題，例如言達平不合時宜的過早出現，戚長發裝死後又起死回生缺乏合理的解釋，等等，因此作者在修訂時重新安排了戚長發師兄弟三人的綫索，使故事情節更加順暢。

在第一回中，描寫戚長發出場時的外貌，連載版說：滿臉皺紋，頭髮半白，顯是飽經憂患；修訂版改為：淡淡陽光穿過他口中噴出來的一縷縷青烟，照在他滿頭白髮、滿臉皺紋之上，但他向吞吐伸縮的兩柄木劍瞥上一眼之時，眼中神光炯然，凜凜有威。修訂版對戚長發的出場描寫較連載版更加生動傳神。

對於「躺屍劍法」，連載版中沒有提及。修訂版中加入：

戚長發說：「咱們這一套劍法，是武林中大大有名的『躺屍劍法』，每一招出去，都要敵人躺下成為一具死屍。自己人比劃喂招雖不能這麼當真，但『躺屍』二字總是要時時刻刻記在心裏的。」那少女道：「爹，咱們的劍法很好，可是這名字實在不大好聽，『躺屍劍法』聽著叫人害怕。」

戚長發教女兒和徒弟的劍法不能只有劍招，而沒有劍法名稱，因此修訂版增寫了「躺屍劍法」，也就是將「唐詩劍法」諧音為「躺屍劍法」，既貫穿全書情節的發展，也為後來揭露戚長發的奸詐心計埋下伏筆。

言達平的出場，連載版提前安排在狄雲和戚芳練劍之時：

他正說得高興，忽聽得稻草堆後，有人哈哈的發笑。那老者一怔，一個箭步越了過去，別瞧他頭髮花白，身手之矯捷，竟是絲毫不減少年。他只道有人取笑他講解武功，但一見之下，登時釋然，原來稻草堆後一個年老花子，翻著破棉襖，正在太陽下捉虱子。捉到一個虱子，便拋入口中，畢剝聲的咬死，哈哈哈笑了起來，說道：「你這次可逃不去啦，哈哈，又有一隻。」

儘管打扮成叫花子是為了掩人耳目，隱藏身份，但言達平既然處心積慮多年，豈能輕易在戚長發教弟子練劍的場面突然露臉，然後再暗中跟隨他們到荊州參加萬震山的壽宴？即使練劍時露面，戚長發暫時沒有認出他，難道還能對正在偷窺的言達平一點不產生懷疑嗎？顯然不合情理。而且，連載版裏言達平首次出場，並沒有什麼實際舉動，只是捉虱子，看熱鬧，舉止過於做作，遠不如放在萬震山壽宴中的出場那麼令人猜測捉摸不定，因此，修訂版刪除這段，將言達平的首次出場延後至戚長發給萬震山拜　之時。

老丐（言達平）教狄雲練劍，連載版中：老丐說道：「你師父學武是很勤的，就是吃虧在少讀詩書。你這門中的劍術，與天下各派的劍術全然不同，講究悟性。同樣一套劍法，有的人苦練二三十年，造就仍是平平，有的人一悟道訣竅，一兩年內就可稱為劍術名家。」修訂版改為：老丐說道：「你師父一身好武功，就只教了你這些嗎？嘿嘿，稀奇古怪。」搖搖頭又道：「你們中這套『唐詩劍法』，每一招都是從一句唐詩中化出來的……」狄雲道：「什麼「唐詩劍法」？師父說是『躺屍劍法』，幾劍出去，敵人便躺下變成了屍首。」言達平教狄雲練劍的目的不是為了真心讓狄雲退敵，而是試探戚長發教弟子的武功招數，因此修訂版改掉了連載版中言達平傳授狄雲武功的情節，同時加入連載版裏未提及的「躺屍劍法」，更符合人物狡猾奸詐的性格。

在第二回中，狄雲打敗萬震山的弟子，連載版裏：萬震山向戚長發道：「師弟，你裝得真像，當真是大智若愚！」戚長發怒道：「什麼？你罵我是『大猪』？」萬震山道：「不，不是，我說你非常非常聰明。」師兄弟二人這段突兀的爭執對話沒有什麼實際意義，而且過早暴露了相互之間的勾心鬥角，因此修訂版刪除。

戚長發逼問狄雲後喝酒，連載版有一段心理活動：一個人危急之際，拼命惡鬥，確是能比平常的武功增加數成，然而那不過是一股蠻勁。雲兒這幾下招式，明明是輕靈巧妙，絕不是單憑蠻勇能做到。戚長發難道是這樣一個考慮周全、愛護弟子的師父嗎？從後文發展看顯然不是，因此修訂版刪除了戚長發的這段心理活動。

在第九回中，言達平讓沈城叫魯坤和卜垣二人出來，連載版：可是聽不見應聲。他又叫了幾聲，內堂仍是聲息全無。沈城也不等師父吩咐，徑自沖了進去，可是他這一進去，也就此不出來了。修訂版改為：只聽得魯卜二人「啊，啊，啊」的叫了幾下，卻不出來。孫均和沈城不等師父吩咐，徑自沖了進去，隨即分別扶了魯坤、卜垣出來。但見兩人臉無人色，一斷左腿，一折右足，自是適才早了言達平的毒手。言達平畢竟狡猾老練，連載版是沈城一人進去，修訂版改為孫均和沈城兩人一起進去。

在第十二回中，萬震山說出戚長發裝死真相，修訂版加入：

「了不起！好本事！當時我見封墻的磚頭有一塊凸了出來，心中一直覺得不大妥當，可說什麼也想不到是給你掙扎著逃走時踢出來的。」萬震山那日將戚長發封入了夾墻後，次日見到封墻的磚頭有一塊凸出，這件事令他內心十分不安，這才患上了離魂之症，睡夢中起身砌墻——他一直在怕戚長發的「僵屍」從墻洞裏鉆出來，因此睡夢中砌了一次又一次，要將墻洞封得牢牢的。

修訂版從萬震山說的話中揭露了戚長發裝死的真相，並詳細解釋了萬震山在睡夢中砌墻的原因。

萬震山之死，連載版是由狄雲殺死：突然間紅光一閃，萬震山一顆腦袋飛了起來；修訂版是由狄雲斷其右臂，戚長發殺死：萬震山斷了一臂，掙扎著爬起，沖向廟外。戚長發搶上前去，一劍自背心刺入，穿胸而出。萬震山一聲慘呼，死在當地。儘管言達平罪大惡極，但連載版裏由狄雲親手殺死師叔，似乎過於無情無義，也有損於狄雲正直俠義的形象，因此修訂版改為狄雲被迫打傷了萬震山後，而由戚長發殺死萬震山，既表現了師兄弟間的殘忍無情，又表現了狄雲的心地善良。

五、各回其他情節的修訂

一：鄉下人進城

狄雲和戚芳練劍招的名稱，連載版是「古洪喊上來」，修訂版是「哥翁喊上來」；連載版是「俯聽文斤風」，修訂版是「忽聽噴驚風」；連載版是「綠日招大姐，馬鳴風小小」，修訂版是「落泥招大姐，馬命風小小」。由於戚長發及女兒戚芳、徒弟狄雲生活在湘西，因此修訂後的劍招名稱應當更接近湖南方言發音。

二：牢獄

「躺屍劍法」劍招，連載版「大母哥烟直，長鵝鹵日圓」；修訂版「大母哥鹽失，長鵝鹵翼圓」。如前文所述，修訂後接近湖南方言發音。

三：人淡如菊

凌退思的府衙，連載版是「江凌府正堂」，修訂版是「荊州府正堂」。萬震山在荊州，狄雲隨師父到荊州拜　，因此事情應當發生在荊州。

四：空心菜

周圻劍刺狄雲，連載版：須知周圻這一劍成功，原當得意萬分。凌知府頒下嚴令，許下重賞，務須擒獲丁典和狄雲二人，若不能生擒活捉，不妨當場格殺。眼下丁狄二人已死，馬大鳴和耿天霸也倒在一旁，這場功勞，自然是周圻一人獨居的了。修訂版刪除。

萬圭見到狄雲滿臉鬍子的污穢面孔，連載版說：想到自己行使奸詐，陷他入獄，然後奪了戚芳為妻，不料戚芳到頭來仍然欺騙自己，總算自己機靈，看到有血迹通向柴房，而戚芳和小女兒的神情都是大大有異，這才發覺。然而，這賊囚犯的劍法古怪之極，竟然一劍得手。難道我就此死在他得手下嗎？修訂版刪除萬圭這段心理活動。

五：老鼠湯

公人誤將狄雲當成寶象等一干惡僧要抓捕他的一段情節改動較大。連載版分為三段敘述：

原來寶象等一干惡僧，這幾日狂性大發，在長江沿岸做了不少先姦後殺的案子。這些惡僧自恃武功了得，做案時不但毫不避忌，事後，還在墻上留下血刀的圖形，而所擇的事主，不是官宦富戶，便是武林中的有名人物。長江南岸數縣之中，一提到「血刀惡僧」四字，那真是人人談虎色變。這時不但官府中緝拿得緊，而兩湖的豪俠鏢師，武林耆宿，也都紛紛出馬追尋。那公人說親眼見到狄雲跳進李舉人的家裏，自然是信口胡說，只是他們見狄雲受傷甚重，顯已無法逃走，早便打定主意，將一切罪名都一古腦兒的推在他的頭上，一來便於銷案了事，二來捕到積案重犯，功勞自也大得多了。

「鈴劍雙俠」中那公子名叫汪嘯風。那少女姓水，單名一個「笙」字，兩人是表兄妹。水笙的父親水岱，乃是昔年威名遠震的三湘大俠，外號叫作「三絕俠」。汪嘯風自幼父母雙亡，由舅舅水岱收養在家，授以武藝。水岱見這外甥人品英俊，從小便有意將女兒許配於他。表兄妹二人一齊學藝，長大後結伴在外行俠，兩人情愫暗通，雖不明言，但都知將來也是夫妻無疑，是以什麼都不避忌。兩人得了水岱的一身武功，近年來闖出了頗大的名頭。湖南湖北一帶有人提到「鈴劍雙俠」，誰都要翹起大拇指說一聲：「好！」

血刀惡僧姦殺良家婦女的訊息，早已傳入「鈴劍雙俠」的耳中，總算狄雲先曾出手救了水府家人水福，雙俠手下留情，才不立時取他性命，但想縱馬踹了他這兩下，不死也得重傷，不料在這小鎮上又見他在鬧事，但聽那四名公人張大其辭的數說他的罪狀，兩人都是天生的俠義心腸，越聽越是惱恨。

連載版說，寶象等一干惡僧在長江沿岸做了不少先姦後殺的案子，事後留下血刀的圖形，不但官府緝拿得緊，兩湖的豪俠鏢師、武林耆宿，也都紛紛出馬追尋。公人見狄雲受傷無法逃走，企圖抓捕並將罪名推在他身上。隨後，介紹出場的「鈴劍雙俠」，二人得到惡僧姦殺良家婦女的信息，又再次遇到重傷的狄雲，聽公人數說他的罪狀，越聽越是惱恨。

修訂版改為：

「鈴劍雙俠」勒馬站在一旁觀看。「表哥，這和尚的武功沒什麼了不起啊。剛才若不是瞧在他救了水福性命的份上，早就殺了他。原來他……他竟這麼壞。」「我也覺得奇怪。雖說這些惡僧在長江兩岸做了不少天理難容的大案，傷了幾十條人命，公人奈何他們不得，可是兩湖豪傑又何必這等大驚小怪？瞧這小和尚的武功，他的師父、師兄們也高明不到了哪裏去。」「說不定他這一夥中另有高手，否則的話，兩湖豪傑幹麼要來求我爹爹出手？又上門去求陸伯伯、花伯伯、劉伯伯？」「哼，這些兩湖豪傑也當真異想天開，天下又有哪一位高人，須得勞動『落花流水』四大俠同時出手，才對付得了？」「嘻嘻，勞動一下咱們『鈴劍雙俠』的大駕，那還差不多。」「表妹，你到前面去等我，讓我一個人來對付這賊禿好了。」「我在這裏瞧著。」「不，你還是別在這裏。武林中人日後說起這回事來，只說是我汪嘯風獨自出手，殺了血刀惡僧，可別把水笙水女俠牽扯在內。你知道，江湖上那些人的嘴可有多髒。」「對，你想得周到，我可沒你這麼細心。」

修訂版沒有同連載版那樣平鋪直敘，而是通過「鈴劍雙俠」的對話，交代血刀僧在長江兩岸作案的惡行，並預先交代四俠被邀與血刀僧相鬥，體現了作者運用書中人物對話交代故事情節的特點。

六：血刀老祖

描寫血刀老祖上馬時，連載版：那老僧嘿嘿笑了三聲，右腿一抬，竟在平地跨上了黃馬背。旁人上馬，必是左足先踏上左蹬，然後右腿跨上馬背，但這老僧既不縱躍，亦不踏蹬，一抬右腿，身子便上了馬鞍。但當時大亂之際，誰也沒來留神他這種奇異的行徑。修訂版刪除。

血刀老祖抓到水笙時，連載版：「要在北京城裏大街上遊街」；修訂版改為：「在一處處大城小鎮遊街」。

血刀老祖與兩名武林中人打鬥時，連載版：兩人乃是山西大同府郝家門下的師兄弟，雖是同門學藝，所使兵刃卻渾不相同，使金鞭的蠻力沉雄，使雙刀的則是輕靈飄逸。二人不是重要人物，而且立即將被血刀老祖殺掉，沒有必要過多的作詳細介紹，因此修訂版刪除。

血刀老祖砍斷轎杠時，連載版：手法之快之奇，直如魔術一般，縱然是武林高手，也必驚異，迎親隊中一干常人，自是瞪目結舌，霎時間誰也說不出話來。修訂版刪除。

水岱帶領眾人追擊血刀老祖，修訂版加入：

過得兩天，忽然下起大雪來。其實已到了西川邊陲，更向西行便是邊藏。當地已屬大雪山山脉，地勢高峻，遍地冰雪，馬蹄溜滑，寒風傲骨那是不必說了，最難受的是人人心跳氣喘，除了內功特高的數人之外，餘人均感周身疲乏，恨不得躺下來休息幾個時辰。但參與追逐之人個個頗有名望來頭，誰都不肯示弱，以至於壞了一世聲名。這幾日中，極大多數人已萌生退志，若有人倡議罷手不追，有一大半人便要歸去。尤其是川東、川中的豪傑之中，頗有一些養尊處優的富室子弟，武功雖然不差，卻吃不起這等苦頭。有的眼見周遭地勢險惡，心生怯意，藉故落後；更有的乘人不覺，悄悄走上了回頭路。

連載版有個小漏洞，即一開始追擊血刀老祖的人很多，為何最後只剩「落花流水」四俠，修訂版彌補了這個漏洞，說明了隨著氣候地勢的變化，以及許多是養尊處優的富貴弟子，致使追擊的人數越來越少，也為後文沒有其他人而只有四俠獨自激戰血刀老祖作了解釋。

七：落花流水

三俠與血刀僧僵持，連載版：陸天抒見了這等怪相，越看越怒，猛地心生一計，低聲道：「水賢弟，你到東邊去假裝滑雪下谷；花賢弟，你到西邊去佯攻，引得這惡僧走開阻擋，我便乘機寫下去。」修訂版改為，由花鐵幹想到這條計策：陸天抒道：「此計大妙。」陸天抒與血刀僧在雪底相鬥，連載版：水岱和花鐵幹回到穀頂，只見穀底積雪滾動，卻是看不見人形，片刻之間，白雪中有鮮血透了上來。水岱叫道：「不好，陸大哥和那惡僧在雪底相鬥。」花鐵幹道：「正是。這一次非殺了那惡僧不可。」修訂版刪除。

水岱要和花鐵幹迎戰血刀僧，花鐵幹沒有一起去，連載版：

水岱一怔，心道：「你怎地不同去？」這句話卻不出口，須知是武林中的成名人物，臨敵接戰，全出自主，若是有人從旁慫恿催促，便是極大的不敬。他二人雖是結義兄弟，卻也有此顧忌。水岱這時一心想找到血刀僧的屍體，將他剁得稀爛，稍出心中的怒氣，最好他身受重傷，尚未氣絕，便可在他臨死之時盡情折磨一番。

連載版率先暴露了花鐵幹的私心，修訂版刪除這段話，改為在隨後的情節發展中逐步體現出來，揭露花鐵幹卑鄙無恥行為的效果更好。

血刀僧羞辱水笙時，連載版：

水岱氣極，他是個英雄漢子，敵人縱然在他身上斬上千百刀，他也決不有半分示弱，但這惡僧要當著他侮辱他的女兒，卻令他如何忍得？瞧這情景，這惡僧顯是要將水笙身上的衣衫一片片的撕去，令她赤身露體，甚至更不堪之事，也會在他面前，在花鐵幹前做了出來。

修訂版：水岱怒極，眼前一黑，便欲暈去，但想：「花二哥嚇得沒了鬥志，我可不能便死。不管這惡僧如何當著我面前侮辱笙兒，我都要忍住氣，跟他周旋到底。」

修訂版將連載版中作者對水岱的敘議改為水岱的想法，描寫了水岱的英雄氣概。

敘述人在危難時往往做出比平時難做的事，連載版：常人在火災時能舉數百斤重物，遇瘋狗咬時能一躍而跳上高墻，皆是此類。比喻不甚恰當，修訂版刪除。

八：羽衣

花鐵幹奉承狄雲神功蓋世，連載版：

這花鐵幹為人雖是卑鄙，眼光卻也當真了得，一看狄雲臉上神光瑩然，英華外宣，比之頃刻之前似乎截然換了兩人，便料到他竟在生死關頭練成了一門厲害之極的內功，適才將血刀老祖踢向半空這一腿，招數雖是平庸，所含勁力卻是非同小可，自己縱然平安無恙，內力也達不到這個境界。

修訂版改為：

他眼見血刀僧雙足僵直，顯然已經死了，當即改口大捧狄雲。其實他為人雖然陰狠，但一生行俠仗義，並沒做過什麼奸惡之事，否則怎能和陸、劉、水三俠相交數十年，情若兄弟？只是今日一槍誤殺了義弟劉乘風，心神大受激蕩，平生豪氣霎時間消失得無影無踪，再受血刀僧大加折辱之後，數十年來壓制在心底的種種卑鄙齷齪念頭，突然間都冒了出來，幾個時辰之間，竟如變了一個人一般。

連載版強調花鐵幹奉承狄雲是因為他神功練成，修訂版重點描述了花鐵幹大捧狄雲的心理，著重體現其卑鄙奸詐的人性。

血刀僧死後的情節，連載版：經過這番劇變，她腹中饑餓之極，但見血刀僧燒烤的馬肉兀自拋在一邊。這時候父親是死了，自己的貞潔和性命眼看難保，那裏還顧到這馬肉是從愛駒身上割下來的？她從身旁摸出火摺，點燃了乾柴，又將馬肉烤了起來。修訂版改為：瞧著父親一動不動的躺在雪上，再也不能鍾愛憐惜自己了，她輕輕叫道：「爹爹！爹爹！」水岱自然再也不能答應她了。水笙淚水一滴滴的落入雪中，將雪融了，又慢慢的和雪水一起結成了冰。修訂版刪除水笙因饑餓食自己馬肉的情節，而改寫成對父親之死的懷念之情，也體現了水笙心地善良。

花鐵幹穴道解開後，修訂版加入一段想法：找到了出路，卻須得先將兩人殺了滅口，自己昨日的種種舉動，豈能容他二人泄漏出去？再次暴露了花鐵幹陰險狠毒的人性。

水笙告訴狄雲再過幾天可以出去，修訂版加入：其實，水笙到底為什麼哭泣，她自己也不明白，只是覺得傷心，忍不住要哭。描寫了水笙心理變化的感受。

九：「梁山伯祝英台」

前文已有敘述。

十：《唐詩選輯》

前文已有敘述。

十一：砌墻

戚芳藏劍譜時，連載版：她卻沒知道，萬圭早對她起了疑心。小女孩霎眼時鬼鬼祟祟，已給萬圭瞧在嚴重，他假裝睡著，戚芳一下樓，他便手腳的跟著後面。修訂版刪除這段情節，保留了萬圭如何害死戚芳的懸念。

戚芳藏劍譜的地方，連載版：將書藏在後園西偏旁的墻角洞中；修訂版改為：把書放在煽穀的風扇肚中。

十二：大寶藏

寶藏確切地址，連載版二十八個字：「西崇效寺後殿佛像之虔誠膜拜通靈祝告菩薩降臨賜福往生極樂」；修訂版改為二十六個字：「西天寧寺大殿佛像之虔誠膜拜通靈祝告如來賜福往生極樂」。

放棄男主角的創造力和想像力——《俠客行》連載版與修訂版評析

一九六六年六月九日，《明報》出現一則預告：「金庸武俠新著《俠客行》後天開始刊登。」六月十一日，《俠客行》以李白的詩作為開篇開始在《明報》連載，至一九六七年四月十九日連載完畢，共連載了二百九十五段。

《俠客行》是金庸寫作生涯後期的作品，是一部寓言性質很強的長篇小說。儘管《俠客行》寫作時間較晚，而且創作思路已經非常成熟，但作者精益求精，仍然對連載版存在的一些不足之處用心修訂，例如，連載版多次提到石破天天資聰穎，能夠自創武功和破解對手武功，而這恰恰與全書寓意相矛盾；再如，連載版前半段很少提及「俠客島」及賞善罰惡令相關的情節，作者對這些問題都進行了修訂完善。同時，連載版運用四字回目，共分四十二回，而修訂版改為字數不等的白話章回，共分為二十一章。以下從石破天習武情節修訂、石破天自創和破解武功情節刪除、石清夫婦情節修訂、「俠客島」及「賞善罰惡令」綫索安排及各章其他情節修訂共五個方面，對《俠客行》連載版與修訂版的主要差異進行比較評析。

一、石破天習武情節的修訂

男主角石破天從一個不懂事的普通少年到身負絕世武功的武林高手，其武功從無到有、不斷提高的神奇經歷是全書修訂的重點內容之一，在修訂版中，作者采用石破天自己練習武功、跟他人學習武功及觀察別人比試武功等各種方式，使其武功日積月累，最終在俠客島破解「俠客行」密碼而成為一代大俠。

第三章中：謝烟客將痲雀放在少年（石破天）掌中，少年（石破天）張開雙手接住痲雀。對於石破天首次練習武功的這段情節，兩個版本描寫得差異較大。

連載版說：

他掌中不會發出內力，兩隻痲雀雙翅一撲，便飛了上去。謝烟客哈哈大笑，見雙雀飛離那少年掌心四五尺處，突然間雙翅收斂，筆直的掉將下來，仍是落入少年掌心，卻一動也不動，竟是死了。

謝烟客這一驚當真是非同小可，笑聲甫振，立即止聲，左手一翻抓住那少年的脉門，右手指住他的眉心，喝道：「你是丁不四老……老……老賊的徒兒，是不是？快……快說……」

饒是謝烟客多歷大風大浪，說到「丁不四老賊」這五個字，聲音也自發顫。他眼見那少年以陰勁打死雙雀這一手功夫，顯是丁不四的陰毒邪功「寒意綿掌」，這是丁不四的獨門神功，連他胞兄弟丁不三也不會，那少年竟然使得如此之純，少說也有十年以上的功力，定是他的嫡派傳人了。

謝烟客素知這丁不四武功既高，行事雙是鬼神莫測，陰毒無比，外號叫做「一日不過四」，比之他同胞兄弟丁不三所定每日殺人極限，還要多上一人。

他想到這少年深得丁不四「寒意綿掌」的精要，就算不是他的子弟，也必是他的徒兒，自己的玄鐵令是這少年交來，顯然一切全在丁不四的算中，因此這少年無論如何不肯向自己求告一句，定是要等到緊急關頭，這才說了出來，多半此刻丁不四自己到了摩天崖之上。

謝烟客情不自禁的神色大變，四下環視，雖不見崖上有何異狀，但瞬息之間，心中已轉過了無數念頭：「這幾日中，我吃了許多這少年所做的飯菜，不知他有否下毒？丁不四若要出手害我，不知會用何方策？這少年奉命而來，不知到底要命我去幹什麼事？」

那少年手腕被他抓住猶似套上了個鐵箍越收越緊，叫道：「什……什麼丁不四……

我……我不知道啊。」

謝烟客情急之下，這才猛力抓他手腕，想到丁不四多半在左近，自己如此欺侮一個小輩，不免失了身份，當即放開他手腕，朗聲說道：「摩天崖極少高人降臨，丁老四既然到了，何不現身？」

叫了幾遍，聲音遠遠傳送出去，山谷鳴響，「何不現身——現身」的聲音，群山齊呼，過了良久，唯聞山風呼嘯，並無一人接口。

謝烟客再過去拾起死雀，入掌冰冷，微微用力。死雀腹中便發出悉悉的聲音，顯是臟腑已有一小部份結成冰塊，由此看來，他的「寒意綿掌」已有三四成功力，倘若丁不四自己施為，當然那死雀的羽毛上都給結滿冰雪了。

謝烟客暗暗心驚，回過頭來，和顏悅色的道：「小兄弟，你行藏已露，再裝假復又何用？丁老四到底是你什麼人？」

那少年道：「丁老四？我……我不認得啊。」

謝烟客道：「好，你不肯承認，那麼你便罵一句丁老賊。」

那少年道：「你說老賊是罵人的話，他又沒有得罪我，我何必罵他？」

謝烟客見他神色自若，心想：「你果然不肯罵，哼，我提起手來：一掌將你打死了，丁不四再厲害，我謝某又有何懼？」但轉念一想：「原來丁老四看準了我不會食言，決不致以一指之力加於將玄鐵令交於我手之人，這才有恃無恐的遣這少年上崖。」

他和丁不四原只互相聞名，素不相識，更是毫無嫌隙，但一想到自己墮入了丁不四的算中，不由得心中發毛，又道：「小兄弟，你這門『寒意綿掌』的功夫練得厲害得很哪，可練了幾年啦？」

那少年道：「什麼『寒意綿掌』？我……我不懂。」

謝烟客臉色一沉，道：「你一問三不知，當我謝某是什麼人了？」

那少年搖頭道：「你為什麼生氣，我……我當真不明白。啊，是了，我弄死了你捉的兩隻麻雀，老伯伯，你再飛上天去捉兩隻好不好，你說要教我法子，叫麻雀在手中盡撲翅膀飛不走呢。」

謝烟客道：「好極，好極，我便教你這門功夫。」拿起一個上繪「手太陽小腸經」的泥人，說道：「這功夫並不難練，可比你學的『寒意綿掌』容易得多了，我教你口訣，你只須依這泥人身上的經脈修習便是。」當下將一套「炎炎功」口訣，一句句傳了給他。

不料這少年看似聰明，「寒意綿掌」又已練到了三四成功夫，什麼經脈、穴道、運氣、呼吸等等，也不知是裝假還是當真，竟是一竅不通。

謝烟客所以授他「炎炎功」乃是要以一種至陽的內力，消去他所習「寒意綿掌」的功力，再令他內力走入經脈岔道，陰陽不能相濟而變成相克，龍虎拼鬥便死於非命。當然這「炎炎功」非一蹴可成，若要練得與他「寒意綿掌」的功力相若，只怕也需數年功夫，否則陰強陽弱，不足以致他死命。

這時聽那少年連粗淺的穴道部位也是不懂，謝烟客心中暗暗冷笑：「眼前且由你裝傻，將來你身受其苦之時，才知我的厲害。」

當下便耐著性兒，從手小指外側之端的「少澤穴」起，將前穀、後溪、腕骨、陽谷諸穴一一解與他聽，直說到耳珠之旁的「聽宮穴」為止。

那少年這時卻不蠢，領會甚遠，用心記憶。謝烟客再傳了內息運行之法，命他自行習練。

那少年每日除了依法練功之外，一般的捕禽獵獸，烹肉煮飯，絲毫沒疑心謝烟客每傳他一分功夫，便是引得他向陰世路上多跨一步。謝烟客初時還怕丁不四上摩天崖來偷襲，將崖上的鐵煉收了起來。

夏去秋來，冬盡春至，轉眼過了一年，不但無人意圖上崖，連摩天崖左近十餘裏地內，也無一人到來。

修訂版改為：

兩隻麻雀展翅一撲，便飛了上去。謝烟客哈哈大笑。那少年也跟著傻笑。

謝烟客道：「你若求我教你這門本事，我就可以教你。學會之後，可好玩得很呢，你要下山上山，自己行走便了，也不用我帶。」那少年臉上大有艷羨之色，謝烟客凝視著他臉，只盼他嘴裏吐出「求你教我」這幾個字來，情切之下，自覺氣息竟也粗重了。

過了好一刻，卻聽那少年道：「我如求你，你便要打我。我不求你。」謝烟客道：「你求好了，我說過決不打你。你跟著我這許多時候，我可打過你沒有？」那少年搖頭道：「沒有，不過我不求你教。」

他自幼在母親處吃過的苦頭實是創深痛巨，不論什麼事，開口求懇，必定挨打，而且母親打了他後，她自己往往痛哭流淚，鬱鬱不歡者數日，不斷自言自語：「沒良心的，我等著你來求我，可是日等夜等，一直等了幾年，你始終不來，卻去求那個什麼也及我不上的小賤人，幹麼又來求我？」這些話他也不懂是什麼意思，但母親口中痛罵：「你來求我？這時候可就遲了。從前為什麼又不求我？」跟著棍棒便狠狠往頭上招呼下來，這滋味卻實在極不好受。這麼挨得幾頓飽打，八九歲之後就再不向母親求懇什麼。他和謝烟客荒山共居，過的日子也就如跟母親在一起時無異，不知不覺之間，心中早就將這位老伯伯當作是母親一般了。

謝烟客臉上青氣閃過，心道：「剛才你如開口求懇，完了我平生心願，我自會教你一身足以傲視武林的本領。現下你自尋死路，這可怪我不得。」點頭道：「好，你不求我，我也教你。」拿起那個繪著「足少陰腎經」的泥人，將每一個穴道名稱和在人身的方位詳加解說指點。

那少年天資倒也不蠢，聽了用心記憶，不明白處便提出詢問。謝烟客毫不藏私的教導，再傳了內息運行之法，命他自行修習。

過得大半年，那少年已練得內息能循「足少陰腎經」經脈而行。謝烟客見他進展甚速，心想：「瞧不出你這狗雜種，倒是個大好的練武胚子。可是你練得越快，死得越早。」跟著教他「手少陰心經」的穴道經脈。如此將泥人一個個的練將下去，過得兩年有餘，那少年已將「足厥陰肝經」、「手厥陰心包經」、「足太陰脾經」、「手太陰肺經」的六陰經脈盡數練成，跟著便練「陰維」和「陰蹻」兩脉。

這些時日之中，那少年每日裏除了朝午晚三次勤練內功之外，一般的捕禽獵獸，烹肉煮飯，絲毫沒疑心謝烟客每傳他一分功夫，便是引得他向陰世路多跨一步。只是練到後來，時時全身寒戰，冷不可耐。謝烟客說道這是練功的應有之象，他便也不放在心上，那料得到謝烟客居心險惡，傳給他的練功法門雖然不錯，次序卻全然顛倒了。

自來修習內功，不論是為了強身治病，還是為了作為上乘武功的根基，必當水火互濟，陰陽相配，練了「足少陰腎經」之後，便當練「足少陽膽經」，少陰少陽融會調和，體力便逐步增強。可是謝烟客卻一味叫他修習少陰、厥陰、太陰、陰維、陰蹻的諸路經脉，所有少陽、陽明等經脉卻一概不授。這般數年下來，那少年體內陰氣大盛而陽氣極衰，陰寒積蓄，已然凶險之極，只要內息稍有走岔，立時無救。

謝烟客見他身受諸陰侵襲，竟然到此時尚未斃命，詫異之餘，稍加思索，便即明白，知道這少年渾渾噩噩，於世務全然不知，心無雜念，這才沒踏入走火入魔之途，若是換作旁人，這數年中總不免有七情六欲的侵擾，稍有胡思亂想，便早已死去多時了，心道：「這狗雜種老是跟我耽在山上，只怕還有許多年好挨。若是放他下山，在那花花世界中過不了幾天，便即送了他的小命。但放他下山，說不定便遇上了武林中人，這狗雜種只消有一口氣在，旁人便能利用他來挾制於我，此險決不能冒。」

心念一轉，已有了主意：「我教他再練九陽諸脉，卻不教他陰陽調合的法子。待得他內息中陽氣也積蓄到相當火候，那時陰陽不調而相沖相克，龍虎拚鬥，不死不休，就算心中始終不起雜念，內息不岔，卻也非送命不可。對，此計大妙。」

當下便傳他「陽蹻脉」的練法，這次卻不是自少陽、陽明、太陽、陽蹻的循序漸進，而是從次難的「陽蹻脉」起始。至於陰陽兼通的任督兩脉，卻非那少年此時的功力所能練，抑且也與他原意不符，便置之不理。

那少年依法修習，雖然進展甚慢，總算他生性堅毅，過得一年有餘，居然將「陽蹻脉」練成了，此後便一脉易於一脉。

連載版主要講，兩隻麻雀落入少年掌中馬上便死了，謝烟客以為少年練的是丁不四的「寒意綿掌」，所以疑心大起，抓住少年脉門，認定是丁不四的徒兒，他四下環視，感覺丁不四已到摩天崖上。少年冤枉說不認識丁不四，但謝烟客不相信，認為已經墜入丁不四的算計中。隨後，謝烟客存害人之心，將「炎炎功」口訣傳給少年，企圖消去他所習的「寒意綿掌」。少年每日依法練功，但沒有覺得謝烟客傳他功夫的目的是害他。修訂版刪除連載版石破天習武的大部分情節，也刪除了有關丁不四的情節，講述少年練功的經過較為簡單，謝烟客教少年修習內息運行之法，少年將泥人一個個練下去，過得兩年，練成六陰經脉，卻沒想到謝烟客實際要害他，但始終也未走火入魔，並最終練成了「陽蹻脉」。對於謝烟客傳授石破天武功的情節，修訂版與連載版差異較大。

第四章中，少年練的武功，連載版是炎炎功：依照謝烟客的計算，他「炎炎功」一成，立時便和他的「寒意綿掌」內功衝突激蕩，傷了他的性命。修訂版當時未點明武功名稱：除了沖脉、帶脉兩脉之外，八陰八陽的經脉突然間相互激烈衝撞起來。實際上從後文敘述可以知道少年練習的是「羅漢伏魔功」。

少年練的功反而化成一門古怪內力，修訂版加入：

自來武功中練功，如此險徑，從未有人膽敢想到。縱令謝烟客忽然心生悔意，貝海石一心要救他性命，也決計不敢以剛猛掌力震他心口。但這古怪內力是誤打誤撞而得，畢竟不按理路，這時也未全然融會，偶爾在體內胡沖亂闖，又激得他氣血翻湧，一時似欲嘔吐，一時又想跳躍，難以定心。

增寫了石破天練習內力的情節。

第五章中，少年內力運轉，無不如意，修訂版加入：

卻不知武林中一門稀世得見的「羅漢伏魔神功」已是初步小成。本來練到這境界，少則五六年，多則數十年，決無一日一夜間便一蹴可至之理。只是他體內陰陽二氣自然融合，根基早已培好，有如上游萬頃大湖早積蓄了汪洋巨浸，這「羅漢伏魔神功」只不過將之導入正流而已。正所謂「水到渠成」，他數年來苦練純陰純陽內力乃是儲水，此刻則是「渠成」了。

石破天為何進步神速，連載版未做詳細說明，修訂版再次增寫了石破天練習內力並獲得初步成功的情節，同時解釋了石破天神功速成的原因。

第七章中，石破天不懂石清夫婦劍法，連載版：但他所練內功甚是奇特，先練至陰的內功，再練謝烟客所授的至陽內功，後來經「羅漢伏魔功」極深湛的內功而將陰陽二功化而為一。修訂版刪除。

第十章中，白萬劍不免便要撤劍認輸，修訂版加入：但說到當真拆招鬥劍，石破天可差得遠了，他只是眼見白萬劍使出什麼劍招，便照式應以金烏刀法中配好了的一招，較之日前與丁不四在舟中鬥拳，其依樣葫蘆之處，實無多大分別。他招數不會稍有變更，自不免錯過了這大好機會。修訂版解釋了石破天為什麼武功比白萬劍要高強，卻沒有獲勝的原因，彌補了連載版裏的一個小漏洞。

第十二章中，天虛出招更是穩健狠辣，修訂版加入：

石破天卻仍是不與他拆招，對他劍招視而不見，便如是閉上了眼睛自己練刀，不管對方劍招是虛中套實也好，實中帶虛也好，刺向胸口也罷，削來肩頭也罷，自己只管梅雪適夏、鮑魚之肆、漢將當關、千鈞壓駝。這場比試，的的確確是文不對題，天虛所出的題目再難，石破天也只是自己練自己的。

二、石破天自創和破解武功情節的刪除

為了表現石破天擁有絕世武功，是個練武奇才，連載版多處地方都提到其自創武功、破解武功的情節，但因為要符合全書寓意，降低石破天的天賦，因此這些情節在修訂時都做了改動和刪除。

第七章中，石破天看二人比劍，連載版：石破天幼時捕獵禽獸，身中本已十分敏捷，練成了

「羅漢伏魔功」之後，當世武林中縱是一等一的高手如貝海石、謝烟客之輩，也遠遠的及不上他。修訂版刪除。

石破天看眾人比劍，連載版：

他心中暗暗奇怪：「這些人練了這麼久，怎地使起劍來，卻又這般差勁？明明容易的法子，他們偏偏想不出來？」他那知他所學的「羅漢伏魔功」乃少林派中至高無上的內功，實是少林一派提綱結領的最深武學，胸中有了如此深湛的學問，再看一般的拳招劍法，有如登泰山而小天下，尋常丘嶺，自是蔑不足道了。

石破天正是由於不懂文字、悟性不高，最後才無意中破解了《俠客行》武功，因此修訂版對於連載版裏有關石破天在武功方面表現出來的較高悟性和天份均作了刪除，而且如果像連載版那樣多次重複石破天破解武功的情節，最後破解《俠客行》的情節也就失去了新鮮感。

第十一章中，石破天在岸邊環行連帆影也沒見一片，連載版：

原來這紫烟島是在長江的一個分岔處，不但水流湍急，而且江面狹窄，向無船隻駛近。石破天站在岸邊，尋思：「我只好在這裏多等幾日，且看有無船隻經過。要不然，我在江中學學游水也是好的，下次若再被人推入江中，也不致心慌意亂，喝了一肚子水。」又想：

「其實我又何必急急離去，那些人丁三爺爺啦，丁四爺爺啦，叮叮噹噹啦，白師傅啦，個個都想打死我，我又打不過他們，倒還是躲在這裏平安些。」

正自出神，突然間腳邊簌簌一聲，一隻野兔從草叢中竄了出來，他忙了半天，肚子餓得很了，這些日子不敢舉火，日日以柿子充饑，一見這隻野兔，心下大喜，提起柴刀便刺了過去。

那隻兔子敏捷之極，斜身一閃，便讓了開去。石破天回刀一揮，登時將之斬為兩截。他俯身正要去拾死兔，腦中突然閃過一個念頭：「我剛才這麼回刀一揮，不是史婆婆師父教我那一招『長者折枝』中的第三式麼？正是，正是，一點兒也不錯，正是這一招的第三式。那麼這一招不一定是用來對付雪山劍法的『老枝橫斜』，也還有別的用處。」忽然又想到：「我剛才用柴刀去刺這野兔，隨手伸出，卻和白師傅用來制住我的那一招劍法相同。這兔兒又沒學過什麼刀法劍法，身子一閃，便避開了，人家要來打我，我或是閃避，或是招架，也不一定非用那一招那一式不可。」

原來石破天一生之中，從未有那一人好好的教過他武功。謝烟客和丁不四教他武藝，並非安著好心。丁璫和史婆婆傳他擒拿法和刀法，雖無歹意，卻也有特定的用意，一個只求他脫身逃命，一個只是要他以金烏刀法勝過雪山劍法，至於臨敵變招，攻守趨避等等最基本的武術原則，反而誰也沒教過他。以致白萬劍繁複的雪山劍法他盡能對付，那一招平平無奇的「朝天勢」反而令他不知所措。

這時刀殺野兔，體會到武功之道，在於隨機應變，未必一定須用那一招來破那一招。這道理其實甚為顯淺，石破天所以不懂，倒不是他生性蠢笨，只是一上來便走上岔道。丁璫、丁不四、史婆婆三人傳他武功，每個人都硬生生規定他以那一種招式來拆解對方的招式。那晚土地廟中，石夫人閔柔雖曾和他拆解，但兩人不交一語，閔柔只是助他領會雪山劍法招式的使用，那個「變」字訣，自也未能傳授給他。

此刻他自己領悟到這一節，不由得心中狂喜，尋思：「那一日在江中小船之上，師父教我見丁不四爺爺使什麼招，便跟著他使什麼招。可是他使『天王托塔』，我也來一招『天王托塔』，那便變成鬧著玩了。要是丁不三爺爺也在旁邊，他乘機一掌向我打來，那便如何是好？我只好不合『天王托塔』，還是揮掌去切他腕脉的好。」

當下從前學過的那些拳法、掌法、擒拿手，一招招的在腦海中流過，不由得手舞足蹈，自行揮灑起來，心中再也不去想那是什麼招式，該當如何使用，只是任意所之，舉手投足，越使越是起勁，內力發揮出來，但見勁風撼樹，枯葉紛紛跌落，地下一塊塊碗大石子，也被他挑起無數，飛在空中。待得那些石子再向他頭頂落下，石破天或是使掌推開，或是縱身閃避，倒似是與人動手過招一般。

他越打興致越高，足下挑起的石頭也更加多了，到得後來，不論石子從那個方向飛至，他都能毫不費力的推擋避讓。忽然間喀喇一響，一根樹枝為石子撞斷，和那石子同時落將下來。石破天伸左手接住樹枝，橫著一揮，剛好將那石子挑開，遠遠飛了出去。

石破天一怔，心道：「這不是白師傅剛才使的左手劍招麼？」隨手拾起柴刀，左手使出雪山劍法「老枝横斜」，右手使金烏刀法「長者折枝」，一劍一刀，招數本來相克，但雙手同時使將出來，竟然是風聲大作，威力無窮，右手一刀將一株碗口來粗的柏樹砍為兩截，左手樹枝拂在一枝松樹之下，居然也將樹皮刮去了老大一片。

石破天使得興起，童心大起，好在明知島上無人，不論出招是如何怪誕荒謬，也無人恥笑於他，將一柄柴刀、一根樹枝，越舞越快，到得後來，也無暇去理會這是什麼刀招、什麼劍式，那是全然的不合章法。殊不知天下各門各派的武術，最初都是無中生有，憑著各人的聰明智慧創制而成，原無一定的法規程式。

石破天無意中練成了上乘內功，再經過幾位高手的陶冶，一旦豁然絕貫通，居然自己創了一套左劍右刀的功夫出來。這套武功中既有雪山劍法和金烏刀法，卻也夾了謝烟客、丁璫、丁不四、石清夫婦等人的武功在內，只是並無一定招數，威力雖強，破綻卻也不少。石破天並非有心創制武功，當然也沒想到給這些招式安上一個名字，他一字不識，真要他取名，那也取不上來。他愈練內功愈增，竟是絲毫不感疲累，直到餓的肚中咕咕作響，這才住手，看那只死兔時，卻已被自己踐得稀爛，再也不能吃了，只得又去摘些柿子充饑。

修訂版刪除了石破天在捕獵野兔時無意中解開了武功這一大段故事情節，如上所述，要將破解武功的情節放在最後《俠客行》的關鍵階段。

石破天在艙底不敢發出半點聲息，連載版：

想起昨日在江邊所使的那些招數，左手劍，右手刀，再加以丁不四之拳腳，丁璫之擒拿，這些招數一招招在心中流過，不知不覺間，將體內所蘊的內力都傾注在這些招數之中，有時覺得一招不妥，重新從頭想過，凝思武學，也不知過了多少時候。

初時還分心傾聽艙中鐵叉會諸人的動靜，到得後來，心神專注於武學這中，經過這一晚的潛心思索，數年來各處積貯的內功外功，這才融會貫通，這「狗雜種」也自一個渾渾噩噩的山中少年，成長為一位卓然自立的武學高手。

幾個時辰之後，再想到土地廟中石清夫婦與白萬劍之鬥、長江船上丁不四的各種拳招、紫烟島上丁氏兄弟和白萬劍之鬥，當時看得迷迷糊糊，未能明白其中的精要，此刻回想，只覺一招一式，無不了如指掌。

修訂版將石破天瞭解武功的情節刪除。

連載版說，石破天腹痛，自然而然便將昨日在紫烟島上自創的武功施展出來，由於修訂版刪除其自創武功情節，因此改為：自然而然將以前學過、見過的諸般武功施展出來。他學得本未到家，此時腹中如千萬把鋼刀亂絞，頭腦中一片混亂，那裏還去思索什麼招數，只是亂打亂拍，雖然亂七八糟，不成規矩，但挾以深厚內力，威勢卻是十分厲害。

第十二章中，石破天亂劈一陣，連載版：

記起了那日在紫烟島上用破柴刀所創的刀，心想：「我便用這刀法試試看，有何不可？」只是當日所使，乃是左手使劍，右手使刀，此刻已將左手縛住了，只餘右手使刀，自無雙手並用的鋒銳，但仍是怪招百出。本來石破天自創這套功夫，法度不嚴，破綻甚多，然而一運以當世無可比並的強勁內力，三分刀法加上十分內力，竟有了七八分的威力。

修訂版刪除石破天自創刀法的情節，改為：

那七十三招金烏刀法漸漸來到腦中。只是沖虛雖然退後，出招仍是極快，石破天想以史婆婆所授刀法拆解，說什麼也辦不到。何況金烏刀法專為克制雪山派而創，遇上了全然不同的上清劍法，全然格格不入。他心下慌亂，只得興之所至，隨手揮舞。

使了一會，忽然想起，那日在紫烟島上最後給白萬劍殺得大敗，只因自己不識對方的劍法，此刻這道士的劍法自己更加不識，既然不識，索性就不看，於是揮刀自己使自己的，將那七十三路金烏刀法顛三倒四的亂使，渾厚的內力激蕩之下，自然而然的構成了一個守禦圈子，沖虛再也攻不進去。

靈虛等二人監視石清夫婦，連載版：石破天將一套自創的刀法越使越順；修訂版刪除自創刀法，改為：石破天懼怕之心既去，金烏刀法漸漸使得似模似樣，顯得招數實也頗為精妙。

第十三章中，石破天經石清指點後豁然貫通，連載版，本來要懂得武功的道理並不為難，難是難在將這許多道理融會在身手和招數之中，一個人所以窮年累月的練武習功，乃是在增長內力，熟悉招數。修訂版改為：

石破天內力之強，已勝過江湖上的一流好手，所欠缺的只不過是臨敵經驗。史婆婆雖收他為徒，但相處時日無多，教得七十三招金烏刀法後便即分手，沒來得及如石清這般詳加指點。何況史婆婆似乎只是志在克制雪山派劍法，別無所求，教刀之時，說來說去，總是不離如何打敗雪山劍法。並不似石清那樣，所教的是兵刃拳腳中的武學道理。

第十七章中，石破天無法招架，連載版：經此一役之後，石破天融會貫通，便會到了武學中的「變」字訣，知道比武較量之際，是在隨機而施，不能拘泥於招式。……此番再度交手，所用刀法便不限於史婆婆所教的那一套，縱橫飄忽，許多招數都是別出心裁之作。修訂版刪除。

總之，在連載版中，作者多次描寫石破天在各種場合通過自創武功、破解招數，不斷提高自己武功，戰勝不同對手，其目的無非是有意表現他的創造力和想像力，為故事最後破解《俠客行》做鋪墊。但是，正因為石破天並不聰明，悟性不高，沒有文化，缺乏想像力和創造力，最後看到《俠客行》時只是原原本本的一招一式模仿，因此才無意中破解了這個難題。如果同連載版所說的那樣，無時無刻都在自創武功、破解招數，那豈不同其他武林高手一樣，或者說只是一個「凡人」，又怎麼可能破解《俠客行》？這樣也就失去了作品寓言的意義。因此，修訂版刪除了所有石破天自創及破解武功的情節，放棄了他的創造力和想像力，同時也將最具寓言性質的故事情節放在全書最後的高潮階段，起到了令人震撼的效果。

三、有關石清夫婦情節的修訂

石清夫婦堪稱書中最重要的配角，是聯繫故事發展的關鍵人物。金庸在《後記》裏說：「在《俠客行》這部小說中，我所想寫的，主要是石清夫婦愛憐兒子的感情，所以石破天和石中玉相貌相似，並不是重心之所在。」因此，修訂版大量增加、刪改了有關石清夫婦關心愛憐兒子的故事情節，使二人形象深入人心。

第一章中，描寫白馬，連載版：卻不知叫作什麼名堂，如果稱之為「雪蓋烏雲」，未免有些不倫不類。修訂版改為：馬譜中稱為「黑蹄玉兔」，中土尤為罕見。

石清夫婦與眾人見面，連載版：金刀寨的眾漢子大多不知「玄素莊」是什麼來頭，但見四頭領周牧居然對他二人如此恭謹，均想這對清秀文雅的夫婦定非凡庸之輩。修訂版刪除。

石清夫婦在連載版裏不是師兄妹，修訂版改為以師兄、師妹相稱。

安奉日打開包，連載版說裏面是三隻臭蟲；修訂版改為：只見包內有三個銅錢，凝神再看，外圓內方，其形扁薄，卻不是三枚製錢是什麼？後又說：石清適才奪到那個小包之時，隨手一捏，便已察覺是三枚圓形之物，雖不知定是銅錢，卻已確定絕非心目中欲取得物件。為後文情節作鋪墊。

第二章中，安奉日見雪山派不理自己，修訂版加入：心想：「哼，雪山派有什麼了不起？要如石莊主這般仁義待人，那才真的讓人佩服。」通過安奉日心理活動側面表現石清夫婦仁義待人。

石清不知如何處理自己兒子強姦之事，連載版：「兒子如在身旁，免不了一劍便見他刺死了。」修訂版刪除。

柯萬鈞氣憤憤的道：「這老賊果然是不三不四。」修訂版加入：石清道：「聽說此人有三兄弟，他有個哥哥叫丁不二，有個弟弟叫丁不四。」王萬仞罵道：「他奶奶的，不二不三，不三不四，居然取這樣的狗屁名字。」耿萬鍾道：「王師弟，在石大嫂面前，不可口出粗言。」王萬仞道：「是。」轉頭對閔柔道：「對不住。」閔柔微微一笑，說道：「想來那三個都是外號，不會當真取這樣的古怪名兒。」

王萬仞說沒見到老賊和小女賊的影子，修訂版加入：柯萬鈞道：「在涼州道上，我們可沒留神曾見過他一老一小。孫師哥、諸師哥就算瞧了他孫女幾眼，又有什麼大不了啦。」石清、閔柔夫婦都點了點頭。

第七章中，閔柔身穿雪白衣裙，修訂版加入：只腰繫紅帶、鬢邊戴了一朵大紅花，顯得不是服喪。

第十二章中，石清聽石破天狂氣逼人，修訂版加入：石破天道：「我……我……我也不想殺死他，因此也是手下留情。」石清大怒，登時便想搶上去揮拳便打。他身形稍動，閔柔立知其意，當即拉住了他左臂，這一拉雖然使力不大，石清卻也不動了。

第十三章中，石清說：「豈有袖手之理？」修訂版加入，

「我和你娘都想，難道老天爺當真這般沒眼，任由惡人橫行？你爹娘的武功，比之妙諦、愚茶那些高人，當然頗有不及，但自來邪不勝正，也說不定老天爺要假手於你爹娘，將誅滅俠客島的關鍵泄漏出來。」他說到這裏，與妻子對望了一眼，兩人均想：「我們所以甘願捨命去幹這件大事，其實都是為了你，你奸邪淫佚，犯上欺師，實已不容於武林，我夫婦亦已無面目見江湖，我二人上俠客島去，如所謀不成，自是送了性命，倘能為武林同道立一大功，人人便能見諒，不再追究你的罪愆。」但這番為子拚命的苦心，卻也不必對石破天明言。

著重表現石清夫婦二人正直品性和對兒子的關懷之情。

石清揭開長樂幫找石破天當幫主的秘密，連載版：長樂幫是最近數年才崛起的一個大幫，當

我和你在侯監集相會之時，江湖上還沒「長樂幫」三字。時間推測不符實際，修訂版刪除。

第十五章中，石清點了點頭，心想這話倒也不錯。修訂版加入：

閔柔卻道：「我夫婦和兒子多年不見，孩子長大了，自是不易辨認。貝先生這幾年來和我孩子日日相見，以貝先生之精明，卻是不該認錯的。」貝海石咳嗽幾聲，苦笑道：「這……這也未必。」那日他在摩天崖見到石破天，便知不是石中玉，但遍尋石中玉不獲，正自心焦如焚，靈機一動，便有意要石破天頂替。恰好石破天渾渾噩噩，安排起來容易不過，這番用心自是說什麼也不能承認的。

石中玉將玉鐲給閔柔帶上，修訂版補充：她可不知這兒子到處拈花惹草，一向身邊總帶著珍貴的珍寶首飾，一見到美貌女子，便取出贈送，以博歡心。

第十八章中，石清夫婦想到第二次認錯兒子，修訂版加入：齊問：「石幫主，你為什麼要假裝喉痛，將玉兒換了去？」

第十九章中，閔柔同石破天告別，修訂版加入：石清道：「小兄弟，在島上若是與人動手，你只管運起內力蠻打，不必理會什麼招數刀法。」他想石破天內力驚人，一綫生機，全繫於此。石破天道：「是。多謝石莊主指點。」

四、「俠客島」及「賞善罰惡令」綫索的安排

連載版裏，全書前期對於有關「俠客島「的江湖背景及「賞善罰惡令「的情節沒有任何鋪墊和表述，這部分作為全書非常重要的內容卻沒有任何描寫，顯然不合情理，因此作者在修訂時有意地增加了「俠客島「背景及「賞善罰惡令「相關綫索的情節。

第三章中，道人勸大悲老人加盟，修訂版加入：

「我們司徒幫主仰慕你是號人物，好意以禮相聘，邀你入幫，你何必口出惡言，辱罵我們幫主？你只須答應加盟本幫，咱們立即便是好兄弟、好朋友，前事一概不究。又何必苦苦支撐，白白送了性命？咱們攜手並肩，對付俠客島的『賞善罰惡令』，共渡劫難，豈不是好？」謝烟客聽到他最後這句話時，胸口一陣劇震，尋思：「難道俠客島的『賞善罰惡令』又重現江湖了？」

通過道人的話語及謝烟客的想法首先引出俠客島「賞善罰惡令」的綫索，為後文故事情節的發展做了前期鋪墊。

第四章中，貝海石說到關東四大門派拜山一事，連載版：「這不過由關東四大門派出面動

手，其實暗中……暗中……咳，咳，要咱們長樂幫好看，又不知有多少幫會門派？倘若本幫總舵給關東四派挑了，長樂幫固然就此瓦解，咱們別說在江湖上立足，要想找個隱僻所在苟全性命也未能……能夠呢！」修訂版改為：

「關東四大門派的底，咱們已摸得清清楚楚，軟鞭、鐵戟，一柄鬼頭刀，幾十把飛刀，那也夠不上來跟長樂幫為難啊。司徒幫主的事，是咱們自己幫裏家務，要他們來管什麼閑事？只不過這件事在江湖上張揚出去，可就十分不妥。咳，咳……真正的大事，大夥兒都明白，卻是俠客島的『賞善罰惡令』，那非幫主親自來接不可，否則……否則人人難逃這個大劫。」

再次通過貝海石的話語加入俠客島的綫索，並說明「賞善罰惡令」必須由幫主親自接。雲香主說：「不喜學那偽君子的行徑」。修訂版加入：「人家要來『賞善』，是沒什麼善事好賞的，說到『罰惡』，那筆帳就難算得很了。」通過雲香主的話再次提及「賞善罰惡」，繼續為俠客島情節做鋪墊。

第十一章中，船上一人說：「成幫主不肯奉令以致落得這個下場」；修訂版加入：一個嗓音尖細的人道：「那兩位賞善罰惡使者，當真如此神通廣大，武林中誰也抵敵不過？」那胡大哥反問：「你說呢？」那人默然，過了一會，低低的道：「賞善罰惡使者重入江湖，各幫各派都是難逃大劫。唉！」

對於石破天與「賞善罰惡」二人相識情節，修訂版改動及增加了一些內容。

二人帶的酒，在修訂版加入解釋：朱紅葫蘆中是大燥大熱的烈性藥酒，以「烈火丹」投入烈酒而化成；藍色葫蘆中是大涼大寒的涼性藥酒，以「九九丸」混入酒中而成。那烈火丹與九九丸中各含有不少靈丹妙藥，九九丸內有九九八十一種毒草，烈火丹中毒物較少。

石破天要與二人結拜，修訂版加入：

胖瘦二人氣派儼然，結拜為兄弟云云，石破天平時既不會心生此意，就算想到了，也不敢出口，此刻酒意有九分了，便順口說了出來。那胖子聽他越說越親熱，自然句句都是反話，料得他頃刻之間便要發難動手，以他如此內力，勢必難以抗禦，只有以猛烈之極的藥物，先行將他內力摧破，雖然此舉委實頗不光明正大，但看來這少年用心險惡，那也不得不以辣手對付。

石破天把酒喝完，兩人對望一眼均想，連載版：

九九丸和烈火丹都是天下一等一的毒藥。九九丸聚集九九八十一種的毒草毒物，制煉而成。烈火丹的毒物種類較少，卻也混和了鶴頂紅，砒霜，蝮蛇毒液，黑蜘蛛毒液等劇毒之物。不論九九丸或是烈火丹，都是只需一枚投在井中河中，便能毒斃整條村子的數百人。現在雙毒並用，若再殺他不死，天下決無是理。

修訂版改為：

我們製這藥酒，每一枚九九丸或烈火丹，都要對六葫蘆酒，一葫蘆酒得喝上一個月，每日運功，以內力緩緩化去，方能有益無害。這一枚九九丸再加一枚烈火丹，足足開得十二大葫蘆藥酒，我二人分別須得喝上半年。他將我們的一年之量於頃刻之間飲盡，倘若仍能抵受得住，天下決無此理。

二人想到石破天內力雖強，武功卻一般，修訂版加入：

凝聚陰陽兩股相反的猛烈藥性，使之互相中和融化，原是石破天所練「羅漢伏魔功」最擅長的本事，倘若他只飲那胖子的熱性藥酒，或是只飲那瘦子的寒性藥酒，以如此劇毒，他內功雖然了得，終究非送命不可。那知道胖瘦二人同時下手，兩股相反的毒藥又同樣猛烈，誤打誤撞，陰陽二毒反而相互克制。胖瘦二人萬萬想不到謝烟客先前曾以此法加諸這少年身上，意欲傷他性命，而他已習得了抵禦之法。

胖瘦二人沒想到內力強勁，修訂版加：本來料定他心懷惡念，必要出手加害，那知他只是以拳掌拍擊大樹，雖然腹痛大作之時，瞧過來的眼色中也仍無絲毫敵意，二人早已明白只是一場誤會，均覺以如此手段對付這傻小子，既感內疚於心，又不免大失武林高手的身分。

張三李四拔步便行，修訂版加入：心下均想：「原來這傻小子倒也挺有義氣，銳身赴難，遠勝於武林中無數成名的英雄豪傑。」

第十五章中，石破天說：「自當前來拜訪兩位哥哥」，修訂版加入：張三道：「憑你的武功，這碗臘八粥大可喝得。只可惜長樂幫卻從此逍遙自在了。」李四搖頭道：「可惜，可惜！」不知是深以不能誅滅長樂幫為憾，還是說可惜石破天枉自為長樂幫送了性命。貝海石等都低下了頭，不敢和張三、李四的目光相對。

第十七章中，石破天說：「我讓給你？」修訂版加入：史婆婆此舉全是愛惜他與阿繡的一片至情厚意，不願他去俠客島送了性命。她自己風燭殘年，多活幾年，少活幾年，也沒什麼分別，至於石破天在長樂幫中已接過銅牌之事，她卻一無所知。

史婆婆做掌門人，修訂版加入：張三哈哈一笑，說道：「白老夫人，銅牌雖然是你親手接了，但若威德先生待會跟你比武，又搶了過去，你這掌門人還是做不成吧？好吧，你夫婦待會再決勝敗，那一位武功高強，便是雪山派掌門人。」

第十九章中，龍島主說：「天所不容之徒」，修訂版加入：「我們雖不敢說替天行道，然而是非善惡，卻也分得清清楚楚。在下與木兄弟均想，我們既住在這俠客島上，所作所為，總須對得住這『俠客』兩字才是。我們只恨俠客島能為有限，不能盡誅普天下的惡徒。」

五、各章其他情節的修訂

一　玄鐵令

描寫小鎮侯監集，修訂版加入：這小鎮因侯嬴而得名。當年侯嬴為大梁夷門監者。大梁城東有山，山勢平夷，成為夷山，東城門便成為夷門。夷門監者就是你大梁東門的看守小吏。介紹侯監集的歷史，豐富了作品厚重的歷史感。

來尋找賣餅老頭兒的高個兒，連載版：只見前面那人身材極高，約莫四十五六歲年紀，一張臉孔如橘皮凹凹凸凸，滿是疙瘩，雙目下垂，眼睛雖小，卻是炯炯有神。修訂版簡化了外貌描寫：只見面前那人身材極高，一張臉孔如橘皮版凹凹凸凸。

高個兒問：「你到底識不識時務」；修訂版加入：賣餅老者道：「大爺認錯人啦，老漢姓王。賣餅王老漢，侯監集上人人認得。」高個兒冷笑道：「他奶奶的！我們早查得清清楚楚，你喬裝打扮，躲得了一年半載，可躲不了一輩子。」增加的語言豐富了賣餅老人和高個兒的形象。

連載版中，賣餅老者道出高個兒張大元的名字，實際上是「神鈎」李大元，李大元對其侮辱再難忍耐，修訂版刪除這段內容。因為李大元是個不重要小人物，在修訂版中未用名字。

老者在連載版叫「吳道一」，修訂版叫「吳道通」。

小丐聽死屍說話，連載版：他驚駭之下，對僵屍何以能夠開口說話的奇事，腦中念頭也沒有轉過一下。修訂版刪除。

連載版說：侯監集上人人對這不聲不響的駝背老人誰也沒多留心，無人知道他其實既非駝背，也非老人，更加不是賣餅之人。修訂版保留駝背老人身份的懸念，刪除這句。

金刀寨的三寨主，連載版是「本空道人」，修訂版是「元澄道人」。

馮振武滿臉慚色，連載版：走也不是，不走也不是；修訂版改為：退到了安奉日身後，口頭喃喃說了兩句，不知是謝石清劍下留情，還是罵他出手狠辣，那只有自己知道了。

描寫王萬仞，連載版：性子暴躁，脾氣執拗，明知不敵，卻也不願別人在口舌上佔雪山派的便宜；修訂版改為：其時他兩手空空，說道這幾句話，擺明是要將性命交在對方手裏了。他同門師兄弟齊聲喝止，他卻已一口氣說了出來。表現了王萬仞性子急躁、脾氣執拗的鮮明性格。

花萬紫說謝先生「算不得數」，修訂版加入：她說的若是旁人，餘人不免便笑出聲來，至少雪山派同門必當附和，但此刻四周卻靜無聲息，只怕一枚針落地也能聽見。渲染了當時緊張氣氛。

二　少年闖大禍

老賊對孫萬年、諸萬春說的話，連載版：「孫萬年，你在蘭州怎樣，諸萬春，你又在涼州道上如何如何。」修訂版敘述詳細：「孫萬年、諸萬春，你們兩個在涼州道上，幹麼目不轉睛的瞧著我這小孫女，又指指點點的胡說風話，臉上色迷迷的不懷好意。我這小孫女年紀雖小，長得可美。你兩個畜生，心中定是打了髒主意。」

耿萬鍾說：「回去稟明師父再說」，修訂版加入：想到此行不斷碰壁，平素在大雪山凌霄城中自高自大，只覺雪山派武功天下無敵，豈知一到用上，竟然處處縛手縛腳，不由得一聲長嘆，心下黯然。

三　摩天崖

小丐不要石清黑劍，修訂版加入：謝烟客哼了一聲，說道：「狗雜種，你倒挺講義氣哪。」小丐不懂，問道：「什麼叫講義氣？」謝烟客哼了一下，不去理他，心想：「這種事你既然不懂，跟你說了也是白饒。」

狗雜種說：「媽媽反而狠狠打我一頓」，修訂版加入：罵道：「狗雜種，你求我幹什麼？幹麼不求你那個嬌滴滴的小賤人去？」，後又加入：謝烟客道：「『嬌滴滴的小賤人』是誰？」小丐道：「我不知道啊。」……她罵什麼「嬌滴滴的小賤人」，多半是她丈夫喜新棄舊，拋棄了她，於是她滿心惡氣都發在兒子頭上。修訂後加入的部分情節為後文作前期鋪墊。

三人夾攻紅面老者，修訂版加入：空著雙手，一柄單刀落在遠處地下，刀身曲折，顯是給人擊落了的，謝烟客認得他是白鯨島的大悲老人，當年曾在自己手底下輸過一招，武功著實了得。

謝烟客不知道長樂幫，修訂版加入：多半是新近才創立的。司徒幫主又是什麼人了？難道便是「東霸天」司徒橫？武林中姓司徒的好手，除司徒橫之外可沒第二人了。

謝烟客知道米香主，修訂版加入：依著他平素脾氣，這姓米的露這兩手功夫，在自己面前炫耀，定要上前教訓教訓他，對方若是稍有不敬，便即順手殺了，只是玄鐵令的心願未了，實不願在此刻多惹事端，當下只是冷眼旁觀，始終隱忍不出。

大悲老人送小丐泥人，連載版：殊不知謝烟客這一猜是猜錯了，那小丐既知不予而取是為賊，而不論老賊小賊都是壞人，大悲老人不出口給他，他生平雖然從來沒玩過玩偶，卻還不會擅自取去的。他一生居於深山，初次見到這許多泥人兒，別說捏栩栩如生，既使粗陋不堪，他也會十分喜歡。修訂版刪除。

四　長樂幫幫主

謝烟客看到八九人圍著他，連載版：他這幾年來所忌憚的只是「一日不過四」丁不四一人，知道丁不三、丁不四二人獨來獨往，素不與外人成群結隊，兄弟二人感情不洽，也極少相偕同行。來者人數雖多，既不是丁不四，先就無所畏懼。修訂版刪除。貝海石說：「我們只不過找這麼一找，謝先生萬勿多心。」修訂版加入：「摩天崖山高林密，好個所在。多半敝幫石幫主無意間上得崖來，謝先生靜居清修，未曾留意。」心想：「他不讓我們跟幫主相見，定是不懷好意。」

謝烟客閃過貝海石來招，修訂版加入：「摩天居士」四字大名，武林中提起來當真非同小可，貝海石適才見他試演「碧針清掌」，掌法精奇，內力深厚，自己實是遠所不及，只是幫主失踪，非尋回不可，縱然被迫與此人動手，卻也是無可奈何，雖察覺他內力平平，料來必是誘敵，是以絲毫不敢輕忽。

謝烟客心中快慰之情尚自多於氣惱，連載版：但奔跑數里，十根手指的指尖上忽然隱隱生疼。謝烟客提起手指一看，只見每個指尖都微微紅腫，不由得吃了一驚：「這姓貝的內力如此厲害！」當即放緩腳步，找了個隱僻所在，運氣使內息行走全身經脈穴道。修訂版改為：

驀地裏想到那少年落於敵手，自此後患無窮，登時大是煩惱，轉念又想：「待我內力恢復，趕上門去將長樂幫整個兒挑了，只須不見那狗雜種之面，他們便奈何我不得。但若那狗雜種受了他們挾制或是勸誘，一見我面便說：『我求你斬下自己一條手臂。』那可糟了。君子報仇，十年未晚，好在這小子八陰八陽經脉的內功不久便可練成，小命活不久了，待他死後，再去找長樂幫的晦氣便是。此事不可急躁，須策萬全。」

細緻描寫了謝烟客的心理活動。

貝海石大惑不解，修訂版加入：「難道……難道他竟察覺了我們的計謀？不知是否已跟石幫主說起？」霎時間不由得心事重重，凝思半晌。

五　叮叮噹噹

敘述當年創造神功高僧的情節，修訂版加入：空門中雖然頗有根器既利、又已修到不染於物欲的僧侶，但如去修練這門神功，勢不免全心全意的「著於武功」，成為實證佛道的大障。佛法稱「貪、嗔、痴」為三毒，貪財貪色固是貪，耽於禪悅、武功亦是貪。增加了佛道與武功關係的闡述。

侍劍告訴少年叫石破天，修訂版加入：「你是石破天石幫主，長樂幫的幫主，自然不是狗……自然不是！」

陳沖之告訴石破天有兩個人昨晚擅闖獅威堂，抓住一個年輕女子。連載版說：一個是四十來歲的中年婦人，另一個二十七八歲的女子。雪山派此次派出的人，只有花萬紫一個是女子，因此修訂版改為：一個是四十來歲的中年漢子，另一個是二十七八歲的女子。陳沖之想「再也不趕趟渾水了」。修訂版加入：「可是……可是脫幫私逃，那是本幫不赦的大罪，長樂幫便追到天涯海角，也放我不過，這便如何是好？」

花萬紫見石破天，修訂版加入：

心中只是想：「不知是不是那小子？我只須仔細瞧他幾眼，定能認得出來。」但說什麼也不敢轉頭向石破天臉上瞧去。……凝目向石破天臉上瞧去，突然心頭一震：「是他，便是這小子，決計錯不了！」……心中又道：「果然是你！你這小子對雪山派膽敢如此無禮。」轉身便行，腿上傷了，走起來一跛一拐，但想跟這惡賊遠離一步，便多一分安全，當下強忍腿傷疼痛，走得甚快。

這幾句點出文章關於石破天往事的伏筆。

陳沖之要送花萬紫走，修訂版加入：

低聲道：「當真是讓她走，還是到了外面之後，再擒她回來？」石破天奇道：「自然當真送她走。再擒回來幹什麼？」陳沖之道：「是，是。」心道：「準是幫主嫌她年紀大了，瞧不上眼。其實這姑娘雪白粉嫩，倒挺不錯哪！幫主既看不中，便也不用跟她太客氣了。」

對花萬紫道：「走吧！」

長樂幫總舵所在地，連載版是「揚州」，修訂版改為「鎮江」。

丁璫在石破天手上寫字，連載版：石破天覺得他在自己掌心中一筆一劃的寫了「千萬別說是石幫主」八個字，耳中聽到詆毀的言語。石破天沒有讀過書，不可能感覺出寫的字，修訂版改為：她在石破天掌心中劃的是「千萬別說是長樂幫主」九個字，可是石破天的母親沒教他識字，謝烟客更沒教他識字讀書，他連個「一」字也不識得，但覺到她在自己掌心中亂搔亂劃，不知她搞什麼花樣，癢癢的倒也好玩。

丁璫想石破天承認和她再不分開，修訂版加入：又想：「我在他掌中寫字，要他不可吐露身分，他居然全聽了我的。以他堂堂幫主之尊，竟肯自認『狗雜種』，為了我如此委屈，對我鍾情之深，實已到了極處。」

六　傷疤

丁不三帶石破天回家，修訂版加入：「你說他幫裏有什麼『著手回春』貝大夫這些人，這小子倘若縮在窩裏不出頭，去抓他出來就不大容易了。」

石破天說：「好端端的殺人不是成了壞人麼？」連載版：貝海石聽他這般說，不由得張口結舌，說不出話來，心想：「你怎麼忽然說起這種假仁假義的話來？」修訂版刪除。

白萬劍問石破天門派武功，連載版：此言一出，長樂幫上下皆盡皺眉。原來石幫主武功了得，那是人所共見，但他功夫奇幻莫測，無人看得透他到底是那一路的武功，他親信之人以前也曾問起，但他始終微笑不答。白萬劍問了這一句話，眾人目光不約而同的一齊射到石破天臉上。修訂版改為：長樂幫上下盡皆心中一凜，均想：「幫主於自己的武功門派從來不說，偶爾有人於奉承之餘將話頭帶過去，他也總是微笑不答。貝先生說他是前司徒幫主的師侄，但武功卻全然不像。不知他此時是否肯說？」

白萬劍聽石破天說完，三分懷疑也取消了。修訂版加入：想來石幫主羞於稱述自己的師承來歷，卻不知是何緣故。

白萬劍告訴石破天的父母劍法神通，修訂版加入一段：

長樂幫群豪相顧茫然，均想：「幫主的身世來歷，我們一無所知，原來他父母親是江湖上的有名人物，說什麼『劍法通神，英雄了得』。武林中當得起白萬劍這八個字考語的夫妻可沒幾對啊，那是誰了？」貝海石登時便想：「難道他是玄素莊黑白雙劍的兒子？這……這可有些麻煩了。」

七　雪山劍法

白萬劍擒住石破天後，在橋底躲避眾人的情節的不同，連載版：左臂環抱石破天，右手長劍一伸，插入了兩塊橋石的縫隙，全憑獨臂之力支持二人體重，貼身橋石之下。白萬劍獨臂支持二人不切合實際，修訂版改為：抱著石破天站在橋蹬石上，緊貼橋身。

白萬劍點石破天穴道，連載版是「八九十處」，修訂版是「四五十處」。

呼延萬善和聞萬夫比劍，修訂版加入一句：而塞外大漠飛沙、駝馬奔馳的意態，在兩人的身形中亦偶爾一現。

白萬劍說玄素莊「黑白分明」牌匾，修訂版加入一句：料來說的是石莊主夫婦明辨是非、主持公道的俠義胸懷。卻不單是說兩位黑白雙劍縱橫江湖的威風。

石破天在廟裏被人乘機救走，修訂版加入：白萬劍想多半便是貝海石，並叫道：「貝大夫，是你嗎？」

八　白痴

丁不三祖孫二人救石破天，連載版：丁不三將石破天救走，丁璫便使出家傳掌法，在十二名雪山弟子臉上都擊上一掌。她對白萬劍也真是忌憚，卻不敢去招惹他，不等他回廟，就拔足溜了。丁璫武功是否如此高強，令人不能信服，所以修訂版改為：丁不三本來以為石破天假裝失手，必定另有用意，那知見他使劍出招，劍法之糟，幾乎氣破了他肚子，心中只是大罵：「白痴，白痴！」乘著白萬劍找尋火刀、火石，便將石破天救出。

丁不三說：「一不教武功」，修訂版加入：丁璫道：「那是你教人的本領不好，以你這樣天下無敵的武功，好好教個徒兒來，怎會及不上雪山派白自在的徒兒？難道什麼威德先生白自在還能強過了你？」丁不三微笑道：「阿璫，你這激將之計不管用。這樣的白痴，就算神仙也拿他沒法子。你有沒聽見石清夫婦跟白萬劍的說話？這白痴在雪山派中學藝多年，居然學成了這樣獨腳貓的劍法？」他名叫丁不三，這「三」字犯忌，因此「三腳貓」改稱「獨腳貓」。

丁不三說：「做厨子不答應」，修訂版加入：「唉，只可惜我先前已限定了十日之期，丁不三言出如山，決不能改，倘若我限的是一個月，多吃你二十天的飯，豈不是好？這當兒悔之莫及，無法可想了。」說著嘆氣不已。

丁璫打石破天一掌，修訂版加入：她這「黑煞掌」是祖父親傳，著實厲害，幸得她造詣不深，而石破天又內力深厚，才受傷甚輕，但烏黑的掌印卻終於留下了，非至半月之後，難以消退。

丁不三說丁璫「繞著彎子罵爺爺」，修訂版加入：

丁璫道：「雪山派殺了你的孫女婿，日後長樂幫問你要人，丁三老爺不大有面子吧？」丁不三道：「為什麼沒面子？有面子得很。」自覺這句話難以自圓其說，便道：「誰敢說丁老三沒面子，我扭斷他的脖子。」丁璫自言自語：「旁人諒來也不敢說什麼，就只怕四爺爺要胡說八道，說他倘若有個孫女婿，就決不能讓人家殺了。不知道爺爺敢不敢扭斷自己親兄弟的脖子？就算有這個膽子，也不知有沒這份本事。」丁不三大怒，說道：「你說老四的武功強過我的？放屁，放屁！他比我差得遠了。」

連載版說：這第八、第九兩天之中，丁璫只是教石破天拆解「獅子搏兔」、「蒼鷹捉雞」、「手到拿來」、「探囊取物」這四招，那都是空手入白刃、多人兵器的精妙手法。修訂版刪除。

丁不三說「妙計」，修訂版加入：就可惜白痴良心好，不忍下手。不忍下手，就是白痴，白痴就是該死。

丁不三說「心中不痛快」，修訂版加入：丁璫道：「那就算是你贏好了。」丁不三道：「輸便輸，贏便贏。我又不是你那不成器的四爺爺，他小時候跟我打架，輸了反而自吹是贏了。」再次點出丁不四。

隨舟逐波而西，連載版：又過一會，陽光更斜，丁璫心頭煩躁，忽想：「好好一個丈，給爺爺弄成了廢人，還不如自己下手的好。」修訂版刪除。

石破天說：「我不再做你丈夫便是」，修訂版加入：他說這幾句話，已是在極情哀求，只是自幼稟承母訓，不能向人求懇，這個「求」字卻始終不出口。

九　大粽子

丁不四有先入為主的成見，連載版：認定石破天必以「柔掌」來解自己這招「鐘鼓齊鳴」。

修訂版敘述的比較詳細：

認定石破天必以「春雲乍展」來解自己這招「鐘鼓齊鳴」，而要使「春雲乍展」，非退後一步而摔入江中不可。他若和另一個高手比武，自會設想對方能有種種拆解之法，拆解之後跟著便有諸般厲害後著，自是四面八方都防到了，決不能被對手閃到自己後心而拿住了要穴。但他和石破天拆解了百餘招，對方招招都是一板一眼，全然依準了自己所授的法門而發，心下對他既無半分提防之意，又全沒想到這渾小子居然會突然變招，所用的招數卻純熟無比，出手如風，待要擋避，已然不及，竟著了他的道兒。偏生石破天的內力十分厲害，勁透要穴，以丁不四修為之高，竟也抵敵不住。

十　金烏刀法

史婆婆說「我有什麼不信」，連載版：

「阿綉，咱們這『無妄神咒』若是練成了，我一出手便能刺七個劍痕，是不是？」阿綉點了點頭，輕輕嘆了口氣。這口氣輕得幾乎只有她自己聽見，但史婆婆和石破天還是都察覺到了，知道她點頭是說史婆婆此言不錯，嘆這口氣，卻是說只可惜神功未成，祖孫二人卻同時走火，成了廢人。石破天安慰她道：「一時走火，那也不打緊，等兩位身子安好之後，再練不遲，下次小心些也就是了。」史婆婆怒道：「呸！胡說八道！我若能再練，還用你多說？」石破天給她罵得莫明其妙，只好搔頭不語。

修訂版刪除。

石破天說「偷學人家武功甚是不該」，修訂版加入：「帶我到高山上的那們老伯伯說，不得准許而拿了人家東西，便是小賊。我偷學了雪山派的劍法，只怕也是小賊了。」

金烏刀法克制雪山劍法，第五招，連載版是「長者折枝」克制「老枝橫斜」，修訂版是「赤日炎炎」克制「月色昏黃」。

石破天求阿綉將刀法再使一遍，連載版：石破天深深一揖，修訂版：石破天伸指在自己額頭上打個爆栗。

丁不四與白萬劍比鬥不肯用兵刃，連載版：殊不知「氣寒西北」是何等樣人，一柄長劍在手，再強的好手與他以兵刃對攻，要打敗他也是十分艱難，何況是赤手空拳？修訂版改為：明明一條金光燦燦的九節軟鞭圍在腰間，既已說過不用，便是殺了他頭，也不肯抖將出來。連載版從白萬劍武功角度，修訂版從丁不四角度，突出丁不四武功高強，過於托大。

石破天見白萬劍命在頃刻叫道，連載版：「此事太不公平！」「兩個打一個，好沒道理。」修訂版改為：「你們不能殺白師傅！」「不能再殺人了。」

丁不四認出石破天，連載版：石破天道：「不錯，是我。你們兩個……兩個打一個，可不大公平。」修訂版改為：石破天道：「是，是我。爺爺，四爺爺，你們已經……已殺了五人，應該住手啦。」反映了石破天的善良本性。

連載版說：丁不三從地下拾起兩柄長劍，一柄交給了兄弟，叫道：「還等什麼，一起上啊！」由於修訂版說丁不四腰上有一根軟鞭，因此改為：丁不三從地下拾起一把長劍，叫道：「老四，還逞個屁能？用鞭子！」

丁不四往西首山後逃去，修訂版加入：只聽山背後傳來他的大聲呼叫：「白萬劍，老子瞧在你母親面上，今日饒你一命，下次可決不輕饒了……」聲音漸漸遠去。

十一　藥酒

石破天殺死野猪，修訂版加入：他心下甚喜：「以前我沒學金烏刀法之時，見了野猪只有逃走，那敢去殺它？」

十二　兩塊銅牌

尤總舵主跟著又如旋風般撲將過來，連載版：

石破天情急之下，左手隨手一推，正是他在紫烟島上悟出來的招數，呼的一聲，手上生出一股勁風，向尤總舵主擊去。尤總舵主只感呼吸一窒，急忙避開，總算石破天招式未熟，沒能跟著進擊。尤總舵主心下盤算：「原來這小子武功竟亦不弱，夜長夢多，務須急速將他拾奪下來才是。」雙刃直上直下，又向他攻了過去。

修訂版刪除。

石破天見到炊烟找吃的，連載版：若有什麼吃的，偷了便走。修訂版：若有什麼吃的，拿了便走。只須放下銀子，便不是小偷。

連載版：「武當派乙木道長，青城派玉真道長」；由於玉真子是《碧血劍》中的頭號反派人物，為了不再重複，修訂版改為：「武當派愚茶道長，青城派清空道人」。

十三　舔犢之情

閔柔回憶石破天兒時唐詩都已朗朗上口，連載版：雪山派威德先生文武全才，門下弟子都是知書識禮之輩，當年石清將兒子交托給封萬里之時，也曾說好請他聘請宿儒，教授詩書，當時封萬里微微一笑，說道：「白弟妹是凌霄城中的女才子，由她教導令郎，保管連秀才也考取了。」

修訂版刪除。

十四　關東四大門派

眾人聽得這幾句清脆的女子呼聲，連載版：都是大為驚異；修訂版改為：當真奇事疊生，層出不窮，但眼看丁不四和石破天一個狂揮金鞭，一個亂閃急避，對於店小二的忽發嬌聲，那也來不及去驚詫了。

丁璫對高三娘子說：「妹妹可別笑我」；連載版：石破天道：「那天在你家，那天晚上……你就打扮得很好看。」他意思是贊她做新娘子之時扮相極美，話到口邊，卻又說不出來。丁璫向他橫了一眼，伸伸舌頭。修訂版刪除。

十五　真相

長樂幫前幫主，連載版是「東方橫」，修訂版是「司徒橫」。

石中玉現身，修訂版加入：

只聽那人顫聲道：「你……你們又要對我怎樣？」張三笑道：「石幫主，你躲在揚州妓院之中，數月來埋頭不出，艷福無邊。貝先生他們到處尋你不著，只得另外找了個人來冒充你幫主。但你想瞞過俠客島使者的耳目，可沒這麼容易了。我們來請你去喝臘八粥，你去是不去？」說著從袖中取出兩塊銅牌，托在手中。那少年臉現懼色，急退兩步，顫聲道：「我……我當然不去。我幹麼……幹麼要去？」

補充交待石中玉躲在揚州妓院數月，解釋了貝先生找不到他的原因。

貝海石問：「這些日子中幫主又道何處」；修訂版加入：「咱們到處找你不到。後來有人見到這個……這個少年，說道幫主是在摩天崖上，我們這才去請了來，咳咳……真正想不到……咳咳……」

廳上突然間寂靜無聲，修訂版加入：眾人瞧瞧石破天，又瞧瞧石幫主，兩人容貌果然頗為肖似，但並立在一起，相較之下，畢竟也大為不同。石破天臉色較黑，眉毛較粗，不及石幫主的俊美文秀，但若非同時現身，卻也委實不易分辨。細緻地描繪出將石破天與石中玉二人相貌的異同。

石中玉解釋當時任幫主的情形，連載版：那少年石中玉囁嚅道：「當時也不過是一時的權宜之計，免得幫中大亂而已。貝先生，這長樂幫的幫主，還是你來當吧，我可不幹了啦。」修訂版則敘述的比較詳細：

那少年石中玉道：「貝先生，事情到了這步田地，也就什麼都不用隱瞞了。那日在淮安府我得罪了你，給你擒住。你說只須一切聽你吩咐，就饒我性命，於是你叫我加入你們長樂幫，要我當眾質問司徒幫主為何逼得何香主自殺，問他為什麼不肯接俠客島銅牌，又叫我跟司徒幫主動手。憑我這點兒微末功夫，又怎是司徒幫主的對手？是你貝先生和眾香主在混亂中一擁而上，假意相勸，其實是一起制住了司徒幫主，逼得他大怒而去，於是你便叫我當幫主。此後一切事情，還不是都聽你貝先生的吩咐，你要我東，我又怎敢向西？我想想實在沒有味兒，便逃到了揚州，倒也逍遙快活。那知莫名其妙的卻又給這兩位老兄抓到了這裏。將我點了穴道，放在屋頂上。貝先生，這長樂幫的幫主，還是你來當。這個傀儡幫主的差使，請你開恩免了吧。」他口才便給，說來有條有理，人人登時恍然。

之後，連載版：

石中玉道：「我實在是幹不了。幫中諸務，事事都由你貝先生一人決定，我只掛名做個傀儡，因此上次我決意一走了之，退位以避賢路。我既不告而別，這幫主自然不當的了。我留給你的書信之中，不是已說得明明白白的嗎？」貝海石奇道：「信？什麼信？我可從來沒見過。」

修訂版改為：

石中玉道：「唉，那時候我怎敢不聽你吩咐？此刻我爹娘在此，你尚且對我這麼狠霸霸的，別的事也就可想而知了。」他眼見賞善罰惡二使已到，倘若推不掉這幫主之位，勢必性命難保，又有了父母作靠山，言語中便強硬起來。米橫野大聲道：「幫主，你這番話未免顛倒是非了。你作本幫幫主，也不是三天兩日之事，平日作威作福，風流快活，作踐良家婦女，難道都是貝先生逼迫你的？若不是你口口聲聲向眾兄弟拍胸擔保，賭咒發誓，說道定然會接俠客島銅牌，眾兄弟又怎容你如此胡鬧？」

石破天說「你們不要怪我才好」，修訂版加入：貝海石等齊道：「不敢！」張三哈哈一笑，問道：「兄弟，你到底姓什麼？」石破天茫然搖頭，說道：「我真的不知道。」向閔柔瞧了一眼，又向石清瞧了一眼，見兩人對自己瞧著的目光中仍是充滿愛惜之情，說道：「我……我還是姓石吧！」

十六　凌霄城

史婆婆殺人刀法，連載版「截喉刀」，修訂版「赤焰爆長」。

侍劍的結局，新修版與修訂版、連載版不同。

連載版：

侍劍驚呼一聲，轉身便逃。丁璫哪容她逃走？搶將上去，雙掌齊發，擊中在她後心，侍劍哼也沒哼，登時斃命。丁璫正要越窗而出，忽然想起一事，回身將侍劍身上衣衫扯得稀爛，褲子也扯將下來，裸了下身，將她屍身放在石破天的床上，拉過錦被蓋上。次日長樂幫幫眾發覺，定當她是力拒強暴，被石破天一怒擊斃。這麼一來，石破天數日不歸，貝海石等只道他暫離避羞，一時也不會出外找尋。她布置已畢，悄悄繞到大門外。

新修版：

侍劍驚呼一聲，轉身便逃。丁璫哪容她逃走？搶將上去，雙掌齊發，向她後心擊去。石破天搶上伸臂一格，將她雙手掠開。丁璫「啊喲」一聲大叫，左手急出，點中了侍劍後心穴道，侍劍昏倒在地。丁璫嗔道：「你又搭上這小丫頭了，幹嗎救她？」說著推開窗子，跳了出去。石破天見侍劍並未受傷，料想穴道受點，過得一會便自解開，自己又不會解穴，只得道：「侍劍姐姐，你等著我回來。」跟著從窗中跳出，追趕丁璫而去。

關於侍劍的結局，新修版與連載版、修訂版差異較大，在連載版和修訂版裏，侍劍被丁璫殺死，而新修版的侍劍沒有被丁璫殺死，只是被點了穴道，減輕了丁璫的殘忍程度。

十七　自大成狂

史婆婆問：「怎麼不參拜新任雪山派掌門？」修訂版加入：想到金烏派開山大弟子居然做了雪山派掌門人，心中樂不可支，一時卻沒想到，此舉不免要令這位金烏派大弟子兼雪山派掌門人小命不保。為下面情節作前期鋪墊。

敘述廖自礪與白萬劍比武時的想法，連載版：

他想我已自認輸給了石中玉這小子，只須將白萬劍打敗，石中玉便注定是赴龍木島去喝臘八粥的替死鬼了。白萬劍的武功本來不在我之下，但眼下形格勢禁，非打醒十二分精神不可，否則便有性命之憂，他右腕為鋼夾利齒所傷，使劍不便，今日一劍將他劈死，凌霄城中便是唯我獨尊。石中玉這小子做個空頭掌門，只等張三、李四一去，我便可說此去離龍木島萬里迢迢，必須立即上道，以免誤了臘八粥之期，逼得他當日離開凌霄城。他心中打定了如意算盤，精神一振，一柄長劍使開來如蛟龍矯矢，招招十分狠辣。

修訂版簡要改為：他知白萬劍亟欲殺了自己，此刻出招那裏還有半分怠忽，一柄長劍使開來矯矢靈動，招招狠辣。

石破天與白萬劍比武，連載版：於是豎起單刀，晃了一晃；修訂版改為：於是單刀下垂，左手抱住右拳，微微躬身，使的是「金烏刀法」第一招「開門揖盜」。他不知「開門揖盜」是罵人的話，白萬劍更不知這一招的名稱，見他姿式倒也恭謹，哼了一聲，長劍遞出，勢挾勁風。

白萬劍比武時暗暗心驚，修訂版加入：史婆婆與白自在新婚不久，兩人談論武功，所見不合，便動手試招，史婆婆自然不敵。白自在隨即住手，自吹自擂一番。史婆婆恥於武功不及丈夫，此後再不顯示過一招半式，因此連白萬劍也絲毫不知母親的武功家數。白萬劍是史婆婆的親兒子，但為何不知母親的武功，修訂版補充解釋了白萬劍不知母親武功家數的原因。

石破天砍他手臂，修訂版加入：用上了金烏刀法中的「踏雪尋梅」，正好是這一招雪山劍法的剋星。在雪地中踐踏而過，尋梅也好，尋狗也好，那還有什麼雪泥鴻爪的痕迹？

石破天謝白自在的指點，修訂版加入：白自在笑道：「很好，我教你幾招最粗淺的功夫，深一些的，諒你也難以領會。」

白自在把足鐐手銬套在手足上，連載版：隨即用力將那鑰匙往石墻上擲去，但見火花迸現，叮的一聲響，幾枚鑰匙扭曲不堪，再也不能開那足鐐手銬了。修訂版刪除。

十八　有所求

長樂幫將石中玉迎回總舵，修訂版加入：

貝海石等此後監視甚緊，均想這小子當時嘴上說得豪氣干雲，但事後越想越怕，竟想腳底抹油，一走了之，天下那有這麼便宜之事？數十人四下守衛，日夜不離，不論他如何狡計百出，再也無法溜走。石中玉甫脫凌霄城之難，又套進了俠客島之劫，好生發愁。和丁當商議了幾次，兩人打定了主意，俠客島當然是無論如何不去的，在總舵之中也已難以溜走，只有在前赴俠客島途中設法脫身。

解釋了石中玉為何要前赴俠客島，原因是在長樂幫總舵中因貝海石嚴加看管而難以逃走，所以不得已設法在赴島途中脫身。

長樂幫傳來「謝烟客要放火燒總舵」，修訂版加入：石中玉心想：「燒了長樂幫總舵，那是求之不得，最好那姓謝的將你們盡數宰了。」

對於石破天的名字，連載版有一段注釋：「其實『石破天』三字，本是石中玉加盟長樂幫後所用的假名，只是狗雜種無名無姓，作書人姑且將石破天三字，移作狗雜種的姓名。」修訂版刪除這段注釋。

石中玉要和謝烟客同去凌霄城，連載版：

原來石中玉被長樂幫群豪迎回總舵之後，對他監視甚緊，唯恐他口頭上說得豪氣干雲，事到臨頭，卻是腳底抹油，一走了之。石中玉這幾日來暗中好生發愁，和丁璫商議了幾次，兩人已是打定了主意，龍木島當然是無論如何不去了的，在總舵之中溜走，也是大不容易，只有在前赴龍木島途中，設法脫身。長樂幫中諸人對石中玉只是暗中監視，面子上對他自是奉命唯謹，半點也不敢得罪了，至於丁璫在總舵中出出入入，更是來去無阻。

修訂版刪除。

石中玉隨謝烟客出總舵，連載版：謝烟客冷笑道：「狗雜種，你幾年來裝得真像，謝某人雙眼當真瞎了，還道你是丁不四派來暗算於我，萬料不到你竟是長樂幫的幫主，嘿嘿，嘿嘿！」

修訂版改為：

謝烟客冷笑道：「狗雜種你這蠢才，聽了貝大夫的指使，要我去誅滅雪山派，雪山派跟你又沾上什麼邊了？你道貝大夫他們當真奉你為幫主嗎？只不過要你到俠客島去送死而已。你這小子傻頭傻腦的，跟這批奸詐凶狡的匪徒講義氣，當真是胡塗透頂。你怎不叫我去做一件於你大大有好處的事？」突然想起：「幸虧他沒有叫我代做長樂幫幫主，派我去俠客島送死。」他武功雖高，於俠客島畢竟也十分忌憚，想到此節，又不禁暗自慶幸，笑罵：「他媽的，總算老子運氣，你狗雜種要是聰明了三分，老子可就倒了大黴啦！」

石中玉說：「這可多多得罪了。」修訂版加入：心道：「他媽的，總算老子運氣，你認錯了人。你狗雜種要是聰明了三分，老子可就倒了大霉啦。」

十九　臘八粥

史婆婆一行人到小漁村中，修訂版加入：

史婆婆離開凌霄城時，命耿萬鐘代行掌門和城主之職，由汪萬翼、呼延萬善為輔。風火神龍封萬里參與叛師逆謀，雖為事勢所迫，但白萬劍等長門弟子卻再也不去理他。史婆婆帶了成自學、齊自勉、梁自進三人同行，是為防各支子弟再行謀叛生變。廖自礪身受重傷，武功全失，已不足為患。

補充交代了史婆婆離開凌霄城臨行前安排好掌門等各項職責。

俠客島兩名弟子演練武功，連載版說：

石破天看了數招，心念一動：「這青衫人使的，可不是雪山劍法麼？」又看了數招，白自在忍不住大聲說道：「喂，梅女俠，我雪山派和你無冤無仇，何以你創了這套劍法出來，針對我雪山劍法而施？」

原來那青衫弟子使的果是雪山劍法，但一招一式，都被黃衫弟子新奇劍法所克制。那蒙面女子冷笑數聲，並不回答。

白自在越看越怒，喝道：「想憑這劍法抵擋我雪山劍，只怕還差著一點。」

一句話剛出口，便見那黃衫弟子劍法一變，招招十分刁鑽古怪，陰毒狠辣，簡直有點下三濫味道，絕無名家風範。

白自在道：「胡鬧，胡鬧！那是什麼劍法？」心中卻不由得暗暗吃驚：「倘若真和她對敵，陡然間遇上這種下作打法，只怕便著了她的道兒。」

然而這等陰毒招數究竟只宜於偷襲，不宜於正大光明的相鬥，白自在心下雖是驚訝不止，但一面卻也暗自欣喜：「這種下流招數倘若驟然向我施為，固然不易擋架，但既給我看過了一次，那就毫不足畏了。旁門左道之術，畢竟是可一而不可再。」

那青衫弟子一套雪山劍法尚未使完，突然木劍一豎，那黃衫弟子便即收招，待那青衫弟子將木劍去換過一柄木刀，又鬥將起來。

看得十餘招後，白自在更是惱怒，大聲說道：「姓梅的，你沖著我夫婦而來，到底是什麼用意？這……這……這不是太也莫名其妙麼？」

原來那青衫弟子所使的刀法，竟是史婆婆史小翠家傳的招式，而那黃衫弟子仍是用出各種各樣陰狠的手段，令那青衫弟子迭遇凶險。只是每到要緊關頭，那黃衫弟子總是收招不發，不將招式使盡。

兩人拆了三十餘招後，龍島主擊掌三下，兩名弟子便即收招，躬身向白自在及那蒙面女子道：「請白老前輩、梅女俠指正。」再向龍木二島主行禮，拾起木刀木劍，退入了行列。

修訂版改為：

看得數招，石破天「咦」的一聲，說道：「丁家擒拿手。」原來青衫弟子所使的，竟是丁不三的擒拿手，什麼「鳳尾手」、「虎爪手」、「玉女拈針」、「夜叉鎖喉」等等招式，全是丁璫在長江船上曾經教過他的。丁不四更是惱怒，大聲說道：「姓梅的，你沖著我兄弟而來，到底是什麼用意？這……這……這不是太也莫名其妙麼？」在他心中，自然知道那姓梅的女子處心積慮，要報復他對她姊姊始亂終棄的負心之罪。

眼見那黃衫弟子克制丁氏拳腳的劍法陰狠毒辣，什麼撩陰挑腹、剜目戳臀，無所不至，但那青衫弟子盡也抵擋得住。突然之間，那黃衫弟子橫劍下削，青衫弟子躍起閃避。黃衫弟子拋下手中鐵劍，雙手攔腰將青衫弟子抱住，一張口，咬住了他的咽喉。

丁不四驚呼：「啊喲！」這一口似乎便咬在他自己喉頭一般。他一顆心怦怦亂跳，知道這一抱一咬，配合得太過巧妙，自己萬萬躲避不過。

青衫弟子放開雙臂，和黃衫弟子同時躬身向丁不四及那蒙面女子道：「請丁老前輩、梅女俠指正。」再向龍木二島主行禮，拾起鐵劍，退入原來的行列。

姓梅女子說：「她是在熊耳山的枯草嶺中……」；修訂版加入：「凝目向丁不四瞧去。只見他臉有喜色，但隨即神色黯然，長嘆一聲。那姓梅女子也輕輕嘆息。兩人均知，雖然獲悉了梅芳姑的下落，今生今世卻再也無法見她一面了。」

二十　俠客行

龍木二島主領路，修訂版加入：

群雄均想：「這通道之內，定是布滿了殺人機關。」不由得都是臉上變色。白自在道：「孫女婿，咱爺兒倆打頭陣。」石破天道：「是！」白自在携著他手。當先而行。口中哈哈大笑，笑聲之中卻不免有些顫抖。餘人料想在劫難逃，一個個的跟隨在後。有十餘人坐在桌旁始終不動，俠客島上的眾弟子侍僕卻也不加理會。

修訂後形象的表現出眾人進入俠客島甬道時的害怕心理。

第二十回中，石破天看到三個老者正在互相擊刺，修訂版加入：

這四人出劍狠辣，口中都是念念有詞，誦讀石壁上的口訣注解。一人道：「銀光燦爛，鞍自平穩。」另一人道：「『照』者居高而臨下，『白』則皎潔而淵深。」又一人道：「天馬行空，瞬息萬里。」第四人道：「李商隱文：『手為天馬，心為國圖。』韵府：『道家以手為天馬』，原來天馬是手，並非真的是馬。」石破天心想：「這些口訣甚是深奧，我是弄不明白的。他們在這裏練劍，少則十年，多則三十年。我怎能等這麼久？反正沒時候多待，隨便瞧瞧，也就是了。」

石破天目光被壁上千千萬萬小蝌蚪吸過去，修訂版加入：「如此痴痴迷迷的饑了便吃，倦了便睡，餘下來的時光只是瞧著那些小蝌蚪，有時見到龍木二島主投向自己的目光甚是奇異，心中羞愧之念也是一轉即過，隨即不復留意。」使的掌法，連載版是「事了拂衣去」，修訂版改為「五岳倒為輕」。

石破天說「小人不敢」，連載版：

「龍島主這句話，若是給我白爺爺聽見，他可要大大的生氣了。」龍島主笑問：「卻是為何？」石破天道：「白爺爺要大家稱他是『古往今來劍法第一、拳腳第一、暗器第一、內功第一的大英雄、大豪傑、大俠士、大宗師』。小人什麼也不懂，怎能和白爺爺相比？」龍島主笑道：「『武林中古往今來劍法第一、拳腳第一、暗器第一、內功第一的大英雄、大豪傑、大俠士、大宗師』嘿嘿，原來雪山派的白自在嘿嘿。」和木島主相視一笑，又問石破天道：「石幫主自己以為如何？」石破天沉吟半晌，道：「白爺爺的武功，當然是高的，但說是古往今來什麼都第一，恐怕……恐怕也不一定。」龍島主道：「正是！以劍法、掌法、內功而論，石幫主就比你的白爺爺高出十倍。」

修訂版刪除這段意義不大又冗長多餘的對話。

二十一 「我是誰」

白自在怪起石破天，修訂版加入：「你這小混蛋太也糊塗，我……我扭斷你的脖子。」

海船靠岸後，修訂版加入一句：船上眾家英雄都是歸心似箭，雙腳一踏上陸地，便紛紛散去。范一飛、呂正平、風良、高三娘子四人別過石破天，自回遼東。補充交代了其他人結局。

短篇幅傳達豐富的歷史人文信息
——《越女劍》連載版與修訂版評析

《越女劍》全篇只有一萬九千餘字，是金庸十五部武俠小說裏唯一的一部短篇小說，一九六九年十二月一日在《明報晚報》上發表，至一九七〇年一月結束，共連載了三十一期。當初，金庸本意要為「卅三劍客圖」各寫一部短篇小說，但最後只完成了第一篇《越女劍》。

《越女劍》是金庸全部武俠作品中歷史年代最早的一部，故事發生在春秋吳越戰爭時期，吳王夫差、越王勾踐、美女西施、大夫文種、范蠡都是家喻戶曉的歷史人物。由於當時金庸的長篇小說《鹿鼎記》已經開始在報紙上連載了，所以《越女劍》應當是金庸最後構思寫作的一部小說。《越女劍》雖是一部短篇小說，在金庸全部作品中的地位不算高，其影響力也遠不及幾部長篇巨著，但金庸在不惑之年創作這部小說時的技巧已入爐火純青之境，該書在各個方面皆有令人稱道之處，看似平實質樸，實則神妙奇絕，將歷史、武俠、傳奇融為一體，以簡短篇幅傳達了極為豐富的歷史人文信息。由於《越女劍》創作於金庸寫作技巧巔峰之際，修訂版除了在語言文字及個別地方略有一些修改外，在全書主要情節方面基本沒有大的改動，所以無需單獨設立專題進行研究。以下按照全書故事情節的發展順序，對連載版和修訂版的主要差異進行比較評析。

吳越武士第一場比劍結束，吳國武士獲勝，越王賞賜，連載版說：「賜酒三杯，黃金十斤」；修訂版改為「賜金十斤」。修訂版刪除了「賜酒三杯」，將越王的賞賜改為「黃金十斤」。

吳越武士第三場比劍時，吳國青衣劍士手中一柄三尺長劍不住顫動，連載版說：便如一泓秋水相似；修訂版改為：便如一根閃閃發出絲光的緞帶。錦衫武士拔劍出鞘時，連載版說那劍閃閃生光；修訂版改為那劍明亮如秋水。對於顫動的長劍，「閃閃發出絲光的緞帶」顯然要比「一泓秋水」的比喻要更加鮮明；對於拔劍出鞘，「明亮如秋水」比「閃閃生光」的比喻要更加生動，因此修訂後對吳國武士長劍的描寫較連載版更加鮮明生動，比喻也更加貼切。

吳越武士第三場比劍結束，連載版說，這二人向王者行禮；修訂版改為，四人向王者行禮。從前文故事情節的敘述可以看出，在吳越雙方第三場比劍中，吳越雙方應當是各自派出了兩名武士參賽，總共有四名武士，因此不會像連載版那樣只有「二人向王者行禮」，修訂版糾正了連載版中吳越兩國出場武士人數的錯誤。

吳國青衣劍士使用戰術比劍，連載版說：以此法與敵相鬥，縱然雙方武功相匹，青衣劍士一方也必操勝算；修訂版改為：縱然對方武功較高，青衣劍士一方也必操勝算。如果雙方比武在武功匹配時必操勝算，尚不足以說明戰術運用的高超，但是如果在對方武功高強時反而能夠獲勝，就更反映了吳國劍術和戰術的高超，因此修訂版對吳國戰術的描述略作修改。

連載版裏，青衣劍士向勾踐增劍時稱「殿下」，修訂版改為「大王」，符合當時勾踐稱「越王」的歷史背景。

四名青衣劍士躬身謝賞時，腦袋擺成一道直綫，修訂版加入，不見有絲毫高低。修訂版通過吳國軍士躬身謝賞姿態的細節描寫，進一步描寫了吳國軍士的訓練有素，也從側面反映了當時吳國軍隊的強大。

勾踐訓練士兵時，連載版說：選出衛士中的八名高手和吳國劍士比劍；修訂版將「八名」刪除。前文敘述越國「站在大殿西首的五十餘名錦衫劍士人人臉有喜色」，可見，勾踐挑選的武士應當不只八人，因此修訂版刪除了連載版裏前後敘述矛盾的人數。

范蠡試劍時，連載版說：要知范蠡精明幹練，足智多謀，待屬下謙恭有禮，在越國極得人望。那錦衫劍士向來對他甚是尊敬，深恐一劍下收手不及，傷到了他，是以劍招落處離他身子稍遠。修訂版刪除這段敘議，或許作者有意通過故事情節的逐步發展而不是自己的主觀評議來刻畫范蠡的性格，因此刪除了作者自己對范蠡的評論。另外，試劍時插入這樣一段敘述，對情節發展不連貫，刪除為宜。

敘述文種與范蠡的交情時，連載版最後加入括號解釋：案：此節見《史記正義》《會稽典錄》，文種這幾句話的原文是：「吾聞士有賢俊之態，必有佯狂之機；內懷獨見之明，外有不知之毀，此固非二三子之所知也。」為保持敘事連貫性，修訂版將引文刪除。

故事敘述勾踐滅吳的九術時，對於第三術，連載版說：貴糴粟，以空其邦；對於第九術，連載版說：文種滅吳的第九術叫做「堅厲甲兵，以承其弊。」當時文種說道：「行此九術，以取天下不難，況於吳乎？」由於連載版這段摘錄出自於古籍，語言過於文言化，語義晦澀，令讀者難以理解，而且與全書半文半白的語言敘述風格不符，因此修訂版刪除這段。

范蠡同勾踐商議國事後退出宮，連載版說：他和薛燭在街上漫步，他要到薛燭家中再作一番深談，或許能觸發靈機，想到了妙策，他對自己卓越的智慧有極大信心。修訂版刪除這段，改為只范蠡一人出宮回家。

阿青擊敗八名吳國武士，連載版說：滿街百姓眼見她以一根竹棒擊敗八名吳國高手，不多時已將這件事傳遍了會稽全城。滿街百姓都看到阿青擊敗吳國武士且傳遍全城似乎不切合實際，修訂版刪除這段，改為：范蠡在十幾頭山羊的咩咩聲中，和她並肩緩步同回府中。

阿青告訴范蠡到山上牧羊等白公公時，修訂版加入：嘆了口氣道：「近來好久沒見到他啦。」增加一句話，很好地表達了阿青對白公公的思念之情，也令讀者非常期盼白公公的出現。

八十名越國劍士學習阿青劍法，將一絲一忽勉強捉摸到的劍法影子傳授給了旁人，連載版說：於是越國武士的劍法大進，兩年之後，勾踐興兵伐吳；修訂版改為：單是這一絲一忽的神劍影子，越國武士的劍法便已無敵於天下。同時，修訂版增加一段：范蠡命薛燭督率良工，鑄成了千千萬萬口利劍。三年之後，勾踐興兵伐吳。修訂版補充的這段，完整的敘述了越國在范蠡的帶領下，既鑄成了千萬口利劍，又取得無敵於天下的劍法，因此三年後伐吳並最終得以滅掉吳國，使全書更增歷史真實感、厚重感，也深化了全書的主題。

金庸「武俠世界」裏的稅收故事

金庸是香港著名的小說家、企業家、社會活動家，他創作的十五部武俠小說早已被公認為是「全世界華人的共同語言」，其作品也超過了一般武俠小說的范疇，囊括了民族民俗、風土人情、地理歷史、棋琴書畫、品酒詩賦等各個領域，內容博大精深，雅俗共賞，文學性、思想性、藝術性極高，堪稱「中國歷史社會的百科全書」。自古以來「皇糧國稅」，我國自夏朝禹王起就已經「貢賦備矣」，賦稅已有三千年歷史。金庸武俠小說的歷史背景主要發生在宋元明清時期，既然是「百科全書」，其多部作品也提到了有關賦稅內容，雖然只是畫龍點睛，服務主題，但提升了作品的藝術性和思想性，值得作為一個專題單獨研究。筆者從四部涉及賦稅內容的小說，結合宋、明、清的歷史實際談談金庸作品中的稅收故事。

一、《射鵰英雄傳》之南宋降金「歲供銀絹」

張十五道：「可不是嗎？這道降表，我倒也記得。高宗皇帝名叫趙構，他在降表中寫道：『臣構言：既蒙恩造，許備藩國，世世子孫，謹守臣節。每年皇帝生辰並正旦，遣使稱賀不絕。歲貢銀二十五萬兩，絹二十五萬匹。』他不但自己做奴才，還叫世世子孫都做金國皇帝的奴才。他做奴才不打緊，咱們中國百姓可不是跟著也成了奴才？」

——《射鵰英雄傳》第一回

完顏洪烈見她（包惜弱）臉上變色，笑聲頓斂，說道：「我久慕南朝繁華，是以去年求父皇派我到臨安來，作為祝賀元旦的使者。再者，宋主尚有幾十萬兩銀子的歲貢沒依時獻上，父皇要我前來追討。」包惜弱道：「歲貢？」完顏洪烈道：「是啊，宋朝求我國不要進攻，每年進貢銀兩絹匹，可是他們常說甚麼稅收不足，總是不肯爽爽快快的一次繳足。這次我對韓胄全不客氣，跟他說，如不在一個月之內繳足，我親自領兵來取，不必再費他心了。」包惜弱道：「韓丞相又怎樣說？」完顏洪烈道：「他有甚麼說的？我人未離臨安府，銀子絹匹早已送過江去啦，哈哈！」

——《射鵰英雄傳》第二回

紹興八年（一一三七年），宋高宗擔心以岳飛、韓世忠為將領的宋軍對抗金國成功勢必接欽宗回國，為了保住自己的皇位，決意向金投降求和，自建康回到臨安後，遂定都臨安，但為了表示還要收復失地，因而名義上的首都仍是在金國佔領下的原北宋首都東京開封府，並由秦檜主持議和。十二月下旬，金使張通古到臨安，稱南宋為「江南」而不稱「宋」，用「詔諭」而不稱「國書」，並要高宗拜接金熙宗詔書。此舉雖遭文武大臣反對，但高宗決意求和，不過以在徽宗居喪期間難行吉禮為藉口，改由秦檜代高宗拜接金詔書，南宋向金稱臣，並「許每歲銀、絹五十萬兩、匹」議和。紹興十一年十一月，在岳飛被罷官入獄、韓世忠辭官後，南宋與金再次和議，劃淮河為界，每年貢銀二十五萬兩、絹二十五萬匹，史稱「紹興和議」。

由於宋高宗的腐敗無能，「紹興和議」後南宋負擔非常嚴重，朝廷對百姓征斂加重，甚至出現預借賦稅。提前徵收本年度田賦或徵收下一年及以後年度的田賦成為「預借」。「紹興和議」後，為了償還給金國大量的銀、絹，預借賦稅的事情更是不斷發生，甚至預借第三年的田賦。有官員指出：「是名說借，而終無還期，前官既借，後官必不肯承。」可見所謂預借，實際是額外增加稅賦。《射鵰英雄傳》一書的前兩回通過張十五的說書和完顏洪烈的對話將當時南宋稱臣金國的形勢描寫得非常清楚，南宋對金國稱臣後「歲供銀絹」，甚至由於數額巨大不能按期交足貢賦而造成國家負擔繁重，百姓民不聊生。

二、《碧血劍》之明末清初「田賦加派」

這些時日中，連年水災、旱災、蝗災相繼不斷，關外滿洲人不住進兵侵襲，朝廷無策抗戰，百姓饑寒交迫，流離遍道，甚至以人為食。朝廷卻反而加緊搜括，增收田賦，加派遼餉、練餉，名目不一而足，秦晉豫楚各地，群雄蜂起。

——《碧血劍》第三回

李岩實逼處此，已非造反不可，便和紅娘子結成夫婦，投入闖王軍中，獻議均田免賦，善待百姓。闖王言聽計從，極為重用。

——《碧血劍》第四回

范文程道：「皇上未得江山，先就念念不忘於百姓，這番心意，必得上天眷顧。以臣愚見，要天下百姓都有飯吃，第一須得輕傜薄賦，決不可如崇禎那樣，不斷地加餉搜刮。」皇太極點頭道：「咱們進關之後，須得定下規矩，世世代代，不得加賦，只要庫中有餘，就得下旨免百姓錢糧。」

——《碧血劍》第十三回

又有「大清國攝政王令旨」：「前朝弊政，莫如加派，遼餉外又有剿餉、練餉，數倍正供，遠者二十年，近者十餘載，天下嗷嗷，朝不及夕，更有召買加料諸名目，巧取殃民。今與民約：額賦外一切加派，盡為刪除，各官吏仍混征暗派，察實治罪。」

孫仲壽嘆道：「老百姓最苦不堪言的，確是加派。完了錢糧之後，州縣一聲『加派』，逼得人全家老少上吊投河，就是這加派了。」

——《碧血劍》第二十回

明後期的「田賦加派」，是於正賦之外藉口各種名義實行的臨時性加派。「田賦加派」始於武宗時期，萬曆初期張居正實行一條鞭法時，加派稍有收斂。張居正過世後，神宗推翻全部新政，「田賦加派」死灰復燃，先後出臺了遼餉、剿餉、練餉的三餉加派，加派數額之巨，擾民之深，影響之大，實為我國封建賦稅史上之惡政。遼餉加派是由於遼東努爾哈赤所建後金日益強大，起兵反明，明政府為加強遼東防禦而抽兵增援，軍餉不足實行加派而開徵「遼餉」。崇禎三年，清兵又進攻遼東，於是全國除畿內六府減半加徵外，其餘地方一律加派遼餉三厘，增賦一百六十五萬兩，這是第四次加派，合前三次加派，每年增賦高達六百六十七萬兩。剿餉加派是為鎮壓明末農民起義籌措軍費加派剿餉，先後加派三百三十萬兩。練餉加派是明政府於崇禎十二年由於兩面作戰而深感兵力不足，於是大臣們建議練兵，朝廷遂加派練餉共五百萬兩，此後加至七百三十萬兩。

努爾哈赤舉兵反明是抗爭民族壓迫，明末農民起義是抗爭階級壓迫，三餉加派是直接用來鎮壓少數民族和勞苦大眾的反抗鬥爭，因此「田賦加派」這一賦稅政策的反動本質，決定了其手段的野蠻性和殘忍性。明代三餉加派共得兩千萬銀兩，由於事關統治階級的生死存亡，所以其賦稅的窮凶極惡可以不加掩飾的出現在歷史舞臺，除三餉之外還有「助餉」、「均餉」等加派。加派的負擔總是落在廣大勞動者身上，只能加速農民的破產和社會經濟的崩潰，而明王朝的喪鐘也就敲響了。

本書共有四段與賦稅有關的情節，分別通過不同的敘述方式，反映了明政府、李自成起義軍和後金（滿清）三種政治勢力在明末增賦加餉歷史事實面前的賦稅觀。

第一段是通過夾敘夾議的評述，描寫了明朝末年當時「朝廷卻反而加緊搜括，增收田賦，加派遼餉、練餉，名目不一而足」的社會背景。滿洲人和農民起義軍使明政府處於內外夾擊之中，而連年的水災、旱災、蝗災使百姓饑寒交迫，民不聊生，甚至發生人吃人的慘劇，加派的賦稅無疑將廣大勞動者進一步推向了絕境，官逼民反也就在所難免。

第二段通過主人公袁承志與李岩相識結交，使讀者瞭解李自成起義軍初期的均田免賦政策。正如第一段描寫的那樣，加派的賦稅使廣大勞動者步入了絕境，官逼民反在所難免，而當李自成樹起明末農民起義的大旗時，他顯然吸取了明王朝滅亡的教訓，採納了李岩均田免賦的提議，也使農民起義軍得到了廣大人民的擁戴，而「闖王來時不納糧」正是對當時勞動人民擁護李自成起義軍的生動體現。

第三段和第四段通過范文程與皇太極的談話、攝政王的令旨以及孫仲壽的話語，體現了當時後金統治者對於加派賦稅的觀念。范文程作為明朝的降將，顯然看到了明朝加重賦役的結果，所以向皇太極提議「輕傜薄賦，決不可如崇禎那樣，不斷地加餉搜刮」，而皇太極也同意其觀點。

至於二人在作品中的對話，屬小說家言，但皇太極從明朝滅亡中吸取教訓，總結經驗，認為「世世代代，不得加賦」的說法是有歷史根據的。而攝政王「額賦外一切加派，盡為刪除」的令旨正是對以皇太極為代表的後金統治者賦稅觀的體現。清軍入關後，為了維護和鞏固清王朝的統治，強化以皇權為核心的封建專制主義的中央集權，清政府的確實行了一些輕徭薄役的賦稅政策，對社會經濟的穩定發展起到了一定的促進作用。然而，封建統治階級注定要維護自己的利益，儘管清政府明令「永不加賦」，但實際上田賦額外的加征更重，加派的名目也更多，而人民的負擔也日趨加重。

三、《鹿鼎記》之清康熙「永不加賦」

他（康熙）沉默半晌，回頭向禪房門看了一眼，說道：「老皇帝（順治）吩咐我愛惜百姓，永不加賦。這句話你先前也傳過給我了，這一次老皇爺又親口叮囑，我自然是永不敢忘。」韋小寶問道：「永不加賦是什麼東西？」康熙微微一笑，道：「賦就是賦稅。明朝那些皇帝窮奢極欲，用兵打仗，錢不夠用了，就下旨命老百姓多繳賦稅。明朝的官兒又貪污得厲害，皇帝要加賦一千萬兩，大小官兒們至少多刮二千萬兩。百姓本已窮得很了，朝廷今年加賦，明年加稅，百姓哪裏還有飯吃？田裏收成的穀子麥子，都讓做官的拿了去，老百姓眼看全家要餓死，只好起來造反。這叫做官逼民反。」

——《鹿鼎記》二十四回

滋生人丁、永不加賦是中國清代康熙年間對賦役制度的改革措施。康熙五十一年（一七一二年）二月二十九日，康熙帝宣布將丁銀稅額固定、不再增收。康熙五十五年戶部在研究編審新增人丁補足舊缺額時，除照地派丁外，仍實行按人派丁，即一戶之內，如果減少一丁，又新添一丁，以新添抵補減少。但滋生人丁、永不加賦辦法施行後，又出現了新增人丁不徵稅，舊額人丁不減稅的矛盾，因此很難做到苦樂平均。此後不久，雍正年間就在全國各地普遍實行了攤丁入地的改革。滋生人丁永不加賦實際上為雍正朝實行攤丁入地奠定了基礎，也是中國封建社會中徭役向賦稅轉化的重要標誌。

《鹿鼎記》中關於康熙的人物塑造儘管有一定虛構成份，但在認識「永不加賦」的問題上，基本與歷史是相吻合的。康熙帝與其皇太極、順治等先輩一樣，能從明朝的滅亡中吸取教訓，充分認識到「加賦」的危害性，因此制定了滋生人丁、永不加賦的賦役制改革措施。當然，在封建社會這種改革措施未必會有實際效果，但至少說明了統治者認識到了「永不加賦」的重要性，也為「康乾盛世」的到來打下了一定基礎。

四、《書劍恩仇錄》之維吾爾族向準噶爾貴族「歲納賦稅」

這族人以游牧為生，遨游大漠，倒也逍遙快樂。但清廷勢力進展到回部後，征斂越來越多。木卓倫起初還想委曲求全，儘量設法供應。哪知滿官貪得無厭，弄得合族民不聊生。木卓倫和族人一商量，都覺如此下去實在沒有生路，幾次派人向滿官求情，求減征賦，豈知征賦沒有減少，反而引起了清廷的疑慮。

——《書劍恩仇錄》第一回

陳家洛道：「好！第一，要皇帝撥庫銀重建福建少林寺，佛像金身，比前更加宏大。朝遷官府，永遠不得向少林寺滋擾。」李可秀道：「這事易辦。」陳家洛道：「第二，皇帝不可再加重回部各族百姓征賦，俘虜的回部男女，一概放歸。」李可秀道：「這也不難。」

——《書劍恩仇錄》第二十回

《書劍恩仇錄》中的主人公陳家洛是作者虛構的人物，而乾隆和陳家洛的父親陳世倌則是歷史上的真實人物，另外還改造了歷史人物霍集占。霍集占即「小和卓木」，是「大和卓木」博羅尼都的弟弟。弟兄兩人都是維吾爾族的首領，曾與父親被準噶爾部拘禁於伊犁。清初，準噶爾部貴族稱雄西北，維吾爾族人民處於準部貴族的統治下。準部貴族將維吾爾族人民作為奴僕，歲納賦稅，任意驅使，每年向維吾爾族徵收大量的貢賦，其種類繁多，皆有定額，如對葉爾羌一地每年繳納貢賦十萬「騰格」（一「騰格」值銀一兩）。這是將維吾爾族人民應繳納的白米、棉花等實物、各種勞役及酒肆、貿易、牲口等稅全部折成現錢計算，但實際徵收的貢賦遠遠超出了規定的數額，造成維吾爾族人民負擔繁重，民不聊生。

乾隆二十年（一七五五年）準噶爾部被清政府平定後獲釋。兩年後，霍集占殺清朝副都統阿敏道，圖謀反清自立，自稱巴圖爾汗，占領南疆，武裝反清。乾隆二十四年，清朝派大軍討伐，霍集占被打敗，逃往巴達克山，最終被殺。小說中的霍集占變成了木卓倫，顯然是從「小和卓

「木」的稱號而來。當然，霍集占是統一還是分裂、是自立還是叛亂的是非功過在歷史界尚存爭議。在本書中，木卓倫的形象已然獨立成長，作者把他當成了維吾爾族反抗暴政的民族英雄來描寫，與歷史人物霍集占顯然有極大的不同，其反抗清廷的原因是清廷滿人對本族的征賦過重，民不聊生。

儘管小說關於以木卓倫為首的維吾爾族人民反抗清廷是虛構的故事情節，真實歷史是維吾爾族受到準噶爾部貴族的壓迫統治，並「歲納賦稅」，民不聊生，而清朝平定準噶爾部後客觀上解脫了維吾爾族的枷鎖，但賦稅征斂過於繁重正是歷史上許多少數民族反對暴政的導火索，人民為了求減征賦、獲得自由，與統治者展開了艱苦卓絕的鬥爭。木卓倫帶領維吾爾族人民反抗暴政的事迹成為全書的亮點之一，儘管他們最後抗爭失利，全族犧牲，但相比紅花會抗清鬥爭失敗後苟且偷生卻放射出極燦爛的光彩。